SCHERZ KRIMI

ERLE STANLEY GARDNER

Perry Mason und die Leiche im Laub

ROMAN

SCHERZ

Einzig berechtigte Übertragung aus dem Amerikanischen
von Renate Weigl
Titel des Originals: »The Case of the Bigamous Spouse«
Umschlaggestaltung: Adolf Bachmann
Umschlagbild: Alfred Vickers/AKG, Berlin

2. Auflage 1999, ISBN 3-502-51674-X

Gesamtherstellung: Ebner Ulm

1

Aufgeräumt und mit übermütig funkelnden Augen betrat Della Street, Perry Masons tüchtige Sekretärin, das Büro. Ihre rechte Hand hatte sie hinter dem Rücken versteckt. »Guten Morgen, Mr. Mason«, begrüßte sie ihren Chef.

Der Rechtsanwalt blickte von seinem Schreibtisch auf, bemerkte das Glitzern in ihren Augen, lehnte sich in seinem Drehstuhl zurück und fragte: »Was gibt's denn?«

»Ich hätte gern eine Auskunft.«

»Schießen Sie los.«

»Können Sie mir erklären, wie das Telefon funktioniert? Ich meine, wie meine Stimme in elektrische Schwingungen umgewandelt und über einen Draht gesendet wird und wie diese Schwingungen dann am anderen Ende der Leitung wieder zu Worten werden?«

»Selbstverständlich«, erwiderte Mason trocken. »Man wirft einfach eine Münze in den hierfür vorgesehenen Schlitz.«

»Können Sie mir weiterhin erklären«, fuhr Della fort, »aus welchem Grunde New York schon Mittag hat, während es bei uns in Los Angeles erst neun Uhr früh ist?«

»Aber natürlich«, versetzte Mason, »die Leute in New York stehen drei Stunden früher auf.«

»Und drittens: Warum kann man an besonders heißen Tagen in der kalifornischen Wüste schneebedeckte Gipfel sehen?«

Masons Stirn zerfurchten kleine Falten. »Sie sind zu groß für eine Tracht Prügel«, meinte er, »und zu unersetzlich für einen Hinauswurf, aber wenn Sie mir freundlicherweise erklären würden, was ...«

»Sie haben vor kurzem erst behauptet«, fiel ihm Della ins

Wort, »daß die Rechtsprechung dazu tendiert, Routine zu werden. Deshalb dachte ich mir, es müßte Sie freuen, wenn ich das graue Einerlei mit etwas Neuem würze.«

»Und in welchem Zusammenhang«, fragte Mason, »steht der Schnee auf den kalifornischen Bergen mit der Abwechslung in einer Anwaltskanzlei?«

Dellas Hand kam hinter ihrem Rücken hervor und hielt ihm eine aufwendig gedruckte Broschüre hin. »Auf der ersten Seite«, erklärte sie, »stehen siebenunddreißig Fragen, die Ihnen Ihr Kind stellen könnte. Wissen Sie die Antworten darauf?« Sie blätterte um. »Und hier finden Sie fünfzehn physikalische Phänomene, die sehr oft falsch ausgelegt werden, während auf der darauffolgenden Seite fünfzig interessante Tatsachen aufgeführt sind, die nur wenige Menschen wissen.«

»Und auf der Rückseite«, fügte Mason lächelnd hinzu, »ist hundertprozentig ein Vertrag, auf den man seine Unterschrift setzen und eine Anzahlung leisten soll.«

»Kein Vertrag«, widersprach Della, »sondern ein Coupon, der detaillierte Auskunft über ein Buch mit dem Titel ›Praktische physikalische Tatsachen für Eltern‹ verspricht. Außerdem finden Sie auf der Rückseite den Namen Gwynn Elston und die Anschrift und Telefonnummer, über die man Miss Elston erreichen kann.«

»Ich soll also unterschreiben«, erkundigte sich Mason düster, »um vorbereitet zu sein, falls ich einmal Vater werde?«

»Nicht nötig«, entgegnete Della, »denn Miss Elston sitzt bereits im Vorzimmer. Sie gab mir diese kleine Broschüre, weil ihr Name und ihre Anschrift darauf stehen. Eine Karte hatte sie leider nicht.«

»Ich fürchte, Sie werden Miss Elston sagen müssen, daß ich nicht interessiert bin an dieser – zeigen Sie mal.«

Mason nahm die Broschüre, schlug wahllos eine Seite auf und sagte: »Erklären Sie ihr bitte, daß es mir egal ist, aus welchem Grunde ein Walfisch bläst, wenn er an die Oberfläche kommt. Auch daß manche Tiere Winterschlaf halten, läßt mich völlig kalt.«

»Darum geht es doch gar nicht«, ereiferte sich Della Street. »Miss Elston will Ihnen gar kein Buch verkaufen, sondern sich erkundigen, ob Sie ihr einige chinesische Schriftzeichen übersetzen können. Weiterhin möchten Sie feststellen, ob das, was sie in einem zerknüllten Papiertaschentuch bei sich trägt, tatsächlich Strychnin ist.«

»Weiter nichts?« fragte Mason.

»Im Moment nicht, obgleich ich das Gefühl habe, daß noch mehr dahintersteckt. Sie macht nämlich einen reichlich nervösen Eindruck. Zum Beispiel hat sie sich keine Zeit genommen, ihren Regenmantel aus dem Auto mitzunehmen, obgleich es draußen gießt wie aus Kannen. Na ja, Chef«, setzte Della lächelnd hinzu, »und außerdem hat sie bemerkenswerte Beine.«

»Wie alt?«

»Höchstens Mitte Zwanzig«, antwortete Della. »Unter uns gesagt, sie ist eine Wucht. Attraktiv und sexy, ohne dabei vulgär zu sein. Ich könnte mir gut vorstellen, daß schon ihre Stimme die Männer aufhorchen läßt. Im Augenblick allerdings schwingt ein ängstlicher Unterton darin mit.«

»Und da rege ich mich noch vor einer Stunde auf, daß unsere Arbeit monoton wird«, meinte Mason. »Natürlich werde ich Miss Elston empfangen. Was war das noch mit dem zerknüllten Papiertaschentuch?«

»Sie will wissen, ob Strychnin darin ist.«

»Weshalb denn?«

»Jemand hat versucht, sie umzubringen.«

»Eine eifersüchtige Ehefrau?«

»Nein, offensichtlich der Ehemann ihrer besten Freundin.«

Mason blickte seine Sekretärin ernsthaft an. Halten Sie es für möglich, daß dieser Fall auch nur ein Zehntel so interessant wird, wie Sie ihn schildern, Della?«

»Irgendwie«, antwortete sie, »habe ich das Gefühl, daß er noch viel aufregender wird, obgleich ich zugeben muß, daß ich die Sache ein bißchen aufpoliert habe.«

»Na schön. Sehen wir sie uns an«, entschied Mason.

Della nickte und glitt leise ins Vorzimmer.

2

Gwynn Elston ließ sich durch Della dem Anwalt vorstellen, dann strich sie ihren Rock glatt, setzte sich und zog den Saum ein wenig tiefer. »Mr. Mason, wenn Sie mein Problem verstehen sollen«, begann sie lächelnd, »muß ich Sie zunächst mit meinen Arbeitsmethoden bekannt machen.«

Der Anwalt nickte.

»Ich habe einen festen Bezirk für den Verkauf meiner Bücher, die den Eltern helfen sollen, Fragen ihrer Kinder zu beantworten. Die Bücher selbst sind so geschrieben, daß es praktisch keine Altersgrenze für Interessenten gibt. Sämtliche Fragen werden nicht nur erschöpfend beantwortet, das Buch enthält auch Informationen für Erwachsene, die ...«

Mitten im Satz begann sie zu lachen. »Tut mir leid, Mr. Mason, ich habe mein Verslein schon so oft aufgesagt, daß es fast automatisch geht. Ich werde Ihnen in kurzen Stichworten erklären, worum es sich im einzelnen handelt.«

»Ich fürchte, Miss Elston«, erwiderte der Anwalt, »daß ich als Kunde nicht in Frage komme, denn ...«

»Lieber Himmel, Mr. Mason«, unterbrach sie ihn. »Sie glauben doch nicht etwa, daß ich Ihnen ein Buch verkaufen möchte? Ich ... ich fürchte, daß ich in einen Mordfall verwickelt werde. Deshalb bin ich hier.«

»Das ist natürlich etwas anderes«, meinte Mason. »Und welche Rolle glauben Sie zu spielen?«

»Anscheinend die Rolle des Opfers.«

»Erzählen Sie«, bat Mason.

»Es tut mir leid, daß ich Ihnen dabei eine Menge Details nicht ersparen kann«, sagte sie. »Aber sie sind unbedingt nötig, sonst würden Sie meine Geschichte nicht verstehen und mich nur verdächtigen, daß ich zu viele Kriminalromane lese.«

Der Rechtsanwalt nickte.

»Mein Verlag unterstützt mich in jeder Hinsicht«, berichtete sie. »Er inseriert, stellt Kundenlisten auf und erspart uns dadurch fruchtloses Hausieren. Diese Anwärterlisten kommen alle zehn Tage, manchmal mit der Post, manchmal auch telefonisch. Wir sind verpflichtet, täglich zehn Leute zu besuchen.«

»Was bedeutet Anwärter?« fragte Mason.

»Junge Leute mit einem Einkommen von ungefähr sechstausend Dollar jährlich. Eltern mit zwei oder mehr Kindern. Sie sind – nun ja, sie sind leichter zu überreden, verstehen Sie?«

»Ich glaube schon.«

»Meine beste Freundin«, fuhr Gwynn Elston fort, »Nell Arlington, hat einen gewissen Felting Grimes geheiratet und ist mit ihm hierher gezogen. Die beiden haben ein sehr hübsches Haus, in dem ein Gästezimmer und ein weiterer Raum praktisch leer standen. Dieses eine Zimmer – ich nehme an, es war als Mädchenzimmer geplant – hat ein eigenes Waschbecken und eine Toilette. Man kann von dort auch bequem ins Badezimmer kommen. Bitte, Mr. Mason, glauben Sie mir, ich will Sie nicht unnötig aufhalten, aber es ist wichtig, daß Sie auch diese Kleinigkeiten erfahren.«

Mason lächelte. »Ich bin ganz Ohr.«

»Vor ungefähr einem Jahr ist in meinem Leben etwas geschehen«, fuhr sie fort, »das mir sozusagen den Boden unter den Füßen wegzog. Ich stand kurz vor einem Nervenzusammenbruch und war auch finanziell am Ende. Nell bestand damals darauf, daß ich einige Wochen bei ihr wohnte, bis ich mich wieder gefangen hatte. Sie müssen wissen, Nell ist ein sehr impulsiver Mensch und hat immer glänzende Ideen. Ihr verdanke ich, daß ich mich schließlich auf ein Inserat als Buchverkäuferin bewarb und seitdem erfolgreich für meine jetzige Firma arbeite.«

»Wie kommen Sie mit Nells Mann zurecht?« wollte Mason wissen.

»Das ist der springende Punkt. Anfangs ging alles gut, aber später – nun ja, wenn man im selben Haus lebt, bleibt es nicht aus, daß man sich auch gelegentlich dürftig bekleidet sieht, nicht?«

»Haben Sie solche Situationen heraufbeschworen?«

»Um Gottes willen!« rief sie aufgebracht. »Ich verabscheue diesen Mann!«

»Warum?«

»Er begann mich zu belästigen.«

»Und daraufhin wollten Sie ausziehen?«

»Ja.«

»Wie ging es weiter?«

»Nell lachte mich aus, sie wußte genau, daß ihr Mann mir nachstellte. Alle Männer seien hinter gutaussehenden Mädchen her. Aber sie sei überzeugt, daß sie sich auf mich verlassen könne.«

»Und Sie haben sie auch nie enttäuscht, wie?«

»Natürlich nicht, aber offensichtlich war ich eine Idee zu abrupt. Felting Grimes fühlte sich in seiner Mannesehre verletzt und war eingeschnappt. Damit nicht genug, er erfand immer wieder Tricks, um mich loszuwerden.«

»Und jetzt scheint es ihm gelungen zu sein«, sagte Mason. »Sie wollen ausziehen und ...«

»Nein, nein, Mr. Mason«, unterbrach sie ihn. »Sie würden in hundert Jahren nicht erraten, was er vorhat.«

»So viel Zeit habe ich leider nicht. Bis zu meinem nächsten Termin bleiben mir dreißig Minuten. Also erzählen Sie, wie es weiterging.«

»Felting Grimes ist viel unterwegs und geschäftlich offenbar recht erfolgreich. Nell hat mir zwar nie gesagt, was er eigentlich macht. Ich glaube, sie weiß es selber nicht genau. Jedenfalls investiert er hier und dort und scheint prächtig zu verdienen. Ich habe aber noch nicht herausbringen können, womit.«

»Haben Sie ihn gefragt?«

»Nein, ich habe Nell gefragt.«

»Und was sagte sie?«

»Nell lachte und sagte, sie wolle sich mit geschäftlichen Details nicht belasten. Sie ist der Meinung, daß Felting daheim nichts mehr von Geschäften hören, sondern eine liebe Frau und ein großes Stück Apfelkuchen mit Zucker und Zimt vorfinden will.«

»Ihre Freundin Nell scheint ja eine tolle Frau zu sein«, meinte Mason.

»Ist sie auch. Jetzt habe ich Sie aber genügend vorbereitet, um auf den Kern der Sache zu kommen. Auf der neuen Kundenliste, die ich gestern erhielt, stand auch die Adresse eines gewissen Frankline Gillett. Wissen Sie, wo George Belding Baxters Anwesen liegt? Da draußen bei Vista del Mesa?«

»Ungefähr«, antwortete Mason.

»Na, und dieser Gillett wohnt im Tribly Way, vielleicht zweihundert Meter unterhalb der Baxter-Villa.«

»Und Sie haben bei Frankline Gillett vorgesprochen?«

»Bei seiner Frau. Wir richten es bei einem Abschluß gern so ein, daß wir den Mann gar nicht sehen. Die Frauen bestehen manchmal darauf, daß wir auch den Mann kennenlernen, aber meistens erzählen sie ihm lieber selbst davon und geben uns am nächsten Tag Bescheid.«

»Was eine eventuelle Konkurrenz ausschaltet, nicht wahr?« vollendete Mason ihren Satz.

Gwynn Elston lachte verlegen. »So ungefähr. Wir sollen uns für abendliche Kundenbesuche, bei denen wir wahrscheinlich auch die Ehemänner antreffen, unauffälliger anziehen als untertags. Aber das führt zu weit. Um es kurz zu machen: Dieser Frankline Gillett ist in Wirklichkeit niemand anders als Felting Grimes.«

Mason zog erstaunt die Augenbrauen hoch. »Woher wollen Sie das wissen?«

»Als ich mit Mrs. Gillett sprach, ging plötzlich die Tür auf, und ihr kleiner Sohn kam ins Zimmer gestürzt«, berichtete Miss Elston.

»Wie alt?«

»Sieben.«

»Weiter«, bat Mason.

»Dieses Kind war das genaue Ebenbild von Felting Grimes. Mir verschlug es regelrecht die Sprache, ich konnte kein Wort mehr sagen. Endlich fing ich mich wieder und markierte einen Hustenanfall.«

»Frappierende Ähnlichkeiten sind oft reiner Zufall«, wandte Mason ein.

Gwynn nickte. »Das weiß ich, Mr. Mason«, sagte sie. »Aber glauben Sie mir, ich würde Sie nicht belästigen, wenn – na ja, wenn ich nicht ganz sicher wäre und wenn es diese anderen Komplikationen nicht gegeben hätte.«

»Na schön, lassen Sie den Rest hören«, meinte Mason.

»Sowie sich die Gelegenheit ergab«, fuhr Gwynn Elston fort, »habe ich mir den kleinen Frankline vorgenommen. Ich stellte ihm allerhand Fragen, hauptsächlich über seinen Vati; ob er zum Beispiel Soldat war. Sehen Sie, Felting Grimes war bei der Air Force in China stationiert. Was soll ich Ihnen sagen, der kleine Frankline erzählte mir, sein Vati sei Luftwaffensoldat in China gewesen. Ich wollte ein Foto sehen, und als er es brachte, war es tatsächlich Felting Grimes, mit einer Gruppe Nationalchinesen fotografiert. Ich glaube, ich war nicht sehr taktvoll, und habe zuviel gefragt, so daß Mrs. Gillett den Kleinen schließlich spielen schickte.«

»Haben Sie eine Bemerkung gemacht, aus der sie schließen konnte, daß Ihnen das Foto bekannt vorkam?« wollte Mason wissen.

»Um Himmels willen, natürlich nicht. Ich habe mich sofort wieder auf meinen Verkauf konzentriert und gut abgeschnitten. Sie bat mich, heute abend wiederzukommen. Das Foto, von dem ich Ihnen erzählte, zeigt Felting Grimes vor einem Hangar, auf dem mit chinesischen Schriftzeichen etwas geschrieben steht. Die ersten vier habe ich mir gemerkt und eine Skizze davon angefertigt. Ich dachte mir, daß man daraus auf den Namen des Flughafens schließen könnte.«

»Wann hatten Sie denn diese Unterredung mit Mrs. Gillett?« fragte Mason.

»Gestern nachmittag.«

»Und Sie sollen heute abend wiederkommen, weil dann ihr Mann zu Hause ist?«

»Das weiß ich nicht genau. Sie sagte lediglich, ob ich morgen abend – also heute – wiederkommen könnte. Um halb neun.«

»Verstehe. Und was ist nun mit dem Gift?«

»Als ich gestern abend nach Hause kam und Felting Grimes über den Weg lief, war mir klar, daß er Verdacht geschöpft hatte. Er fragte mich, wo ich war, wie das Geschäft ginge, wie viele Besuche ich gemacht hätte und wie meine Verkaufsaussichten stünden. Und dann begann er, mich nach Namen auszufragen.«

»Aber Sie hätten ihm doch nicht zu sagen brauchen, daß Sie auch bei den Gilletts waren«, bemerkte Mason.

»Das ist es doch gerade«, widersprach sie. »Natürlich mußte ich es ihm sagen. Sehen Sie, manchmal schickt meine Firma die Interessentenliste, manchmal sagt sie sie auch telefonisch durch. Nell gibt sich dann als Gwynn Elston aus und schreibt die Namen und Anschriften für mich auf.«

»Und wie war es diesmal?«

»Sie muß den Zettel mit den Namen irgendwo liegengelassen haben, wo Felting ihn lesen konnte«, antwortet Gwynn. »Ich war in der Zwickmühle. Hätte ich ihm den Besuch bei den Gilletts verschwiegen, dann hätte er sofort gewußt, daß ich Verdacht geschöpft habe. Ich konnte nur so tun, als wäre die Familie Gillett ein Interessent und nichts weiter.«

Mason nickte.

»Na, und dann schien auch alles in bester Ordnung, bis er mir spätabends einen Drink mixte. Es war Gin und Tonic, schmeckte aber so scheußlich bitter, daß ich eine Ausrede erfand, um in mein Zimmer zu gehen. Ich schüttete den Drink ins Waschbecken und füllte mein Glas mit Leitungswasser. Später ließ es mir keine Ruhe. Ich kehrte in mein Zimmer zurück, befeuchtete meinen Finger und fuhr damit im Waschbecken herum. Als ich kostete, schmeckte es wieder so ekelhaft bitter. Daraufhin nahm ich ein Papiertaschentuch und wischte damit das Becken aus; das Taschentuch kann man ja untersuchen, nicht?«

»Angenommen es stellt sich heraus«, fragte Mason, »daß es tatsächlich Gift ist – was tun Sie dann?«

»Nun, dann weiß ich, daß ... lieber Gott, Mr. Mason, Sie sehen doch, was los ist. Dieser Mann ist verzweifelt. Er kann es sich nicht leisten, daß Nell von seinem Doppelleben erfährt. Um das zu vermeiden, würde er mich umbringen, ohne mit der Wimper zu zucken. Felting Grimes ist ein bösartiger Mensch, glauben Sie mir. Nell liebt ihn, zumindest glaubt sie, ihn zu lieben. Wahrscheinlich verstehen sich die beiden sexuell recht gut. Nell ist großzügig und nicht eifersüchtig, sie stellt keine unnötigen Fragen – mit einem Wort, sie ist die ideale Ehefrau.«

»Haben sie Kinder?« fragte Mason.

»Das nicht, aber Nell könnte ihn ruinieren. Ich glaube, auf Bigamie steht Zuchthaus, oder?«

»Welche der beiden Frauen hat er Ihrer Meinung nach zuerst geheiratet, Miss Elston?«

»Das kann ich nicht sagen.«

»Der kleine Frankline Gillett ist sieben, sagten Sie? Demnach ...«

»Das hat nichts zu bedeuten«, fiel sie ihm ins Wort. »Ich glaube sogar, daß das mit ein Grund war, weshalb Mrs. Gillett das Kind aus dem Zimmer schickte. Die beiden können doch ein Verhältnis miteinander gehabt und später erst geheiratet haben, als das Kind schon da war.«

»Also«, meinte Mason, »unter diesen Umständen werden wir die Geschichte wohl klären müssen. Ich würde Ihnen raten, sich solange irgendwo anders einzumieten.«

»Unmöglich, Mr. Mason«, protestierte Gwynn. »Nell würde sich die größten Sorgen machen, die Polizei anrufen und ..., nein, das geht nicht. Es macht ja auch nichts, denn Felting Grimes ist heute morgen auf eine Geschäftsreise gefahren und kommt erst in einer Woche zurück. Nell und ich haben das Haus für uns allein.«

»Also könnte Frankline Grimes theoretisch heute abend von einer Geschäftsreise zurückkommen?«

Sie nickte.

»Wollen Sie hinausfahren?«

»Ich muß einfach. Ich muß diese Geschichte durchstehen, Mr. Mason, das ist meine einzige Chance. Wenn es mir gelingt, so zu tun, als hätte ich keinerlei Verdacht, dann bin ich über den Berg.«

»Sie befürchten also nicht, den Hausherrn dort vorzufinden?«

»Aber nein. Seine Frau wird ihm erzählen, daß sie mich erwartet. Ich wette, er hat von einer Minute auf die andere eine Ausrede, weshalb er noch mal weg muß. Er wird sich doch nicht der Gefahr aussetzen, mir gegenübergestellt zu werden. Es sei denn, er versucht, mich noch vorher umzubringen.«

»Das dürfte ihm kaum gelingen«, antwortete Mason.

»Eben. Deshalb bin ich auch so sicher, daß ich ihn nicht antreffen werde.«

»Aber Sie wollen doch gewiß nicht, daß ihre Freundin mit so einem Mann weiterhin zusammenlebt?«

»Natürlich nicht. Ich möchte auch vor seiner Rückkehr eine andere Wohnung haben.«

»Wollen Sie es Nell erzählen?«

»Ja, aber vorher muß ich hundertprozentig sicher sein, Mr. Mason.«

Der Anwalt nickte nachdenklich.

»Weiß der Himmel, wie Nell reagiert«, fuhr Gwynn Elston fort. »Ich traue ihr glatt zu, daß sie den Mund hält und sich als Zweitfrau zufriedengibt, während ich glaube, daß Mrs. Gillett einen Riesenkrach schlagen würde.«

»Wirklich?«

»Ja, unbedingt. Sie ist nicht so großzügig wie Nell.«

»Na schön«, meinte Mason. »Wenn Sie heute abend hinfahren wollen, dann tun Sie es. Aber denken Sie daran, dort weder etwas zu essen noch zu trinken. Sollte wider Erwarten der Ehemann doch zu Hause sein und Ihnen vorgestellt werden, dann machen Sie keine Szene. Sprechen Sie keinerlei Beschuldigungen aus und lassen Sie sich nicht anmerken, daß Sie ihn kennen. Ich gebe Ihnen meine Karte mit«, fuhr Mason fort. »Die geben Sie ihm und sagen dazu, daß Sie heute bei mir waren und daß ich ihn zu kennen glaube. Raten Sie ihm, mich aufzusuchen.«

»Halten Sie es für möglich, daß er wirklich zu Ihnen kommt?«

»Keine Ahnung«, antwortet Mason. »Aber eines erreichen wir dadurch: Er weiß, daß Sie mir alles erzählt haben und daß er durch Ihren Tod nichts mehr gewinnen kann.«

»Aha, verstehe. Wissen Sie, hier in der Kanzlei hört sich alles so theatralisch und unmöglich an. Sie wissen schon, wie ich es meine. Mir ist immerzu, als müßte ich mich kneifen, um festzustellen, daß ich nicht träume. Ich komme mir wie ein Kindskopf vor, Sie überhaupt belästigt zu haben.«

»Das brauchen Sie aber nicht«, beruhigte sie Mason. »Sie würden staunen, welche Geschichten in diesen vier Wänden schon erzählt wurden. Manche von ihnen hörten sich ebenso phantastisch an. Wollen Sie wirklich heute abend dorthin fahren?«

»Ja, das muß ich unbedingt, Mr. Mason. Sonst weiß Felting Grimes mit Sicherheit, daß ich ihm auf die Schliche gekommen bin. Bis zu seiner Rückkehr kann mir wahrscheinlich nichts geschehen. Und selbst danach nicht, wenn ich heute abend geschickt verhandle. Aber den Ausschlag gibt, daß Nell meine Freundin ist. Sie muß sich natürlich selbst entscheiden, aber ich bringe es nicht übers Herz, bei ihr zu wohnen und ihr etwas so Ungeheuerliches zu verheimlichen.«

»Sie verstehen sich sehr gut mit ihr?«

»O ja. Wir haben früher schon zusammengewohnt, es gab nie Differenzen. Wir haben uns alles, aber auch alles anvertraut.«

»Na schön«, meinte Mason. »Hinterlassen Sie bei Della Street Ihre Anschrift und Telefonnummer, und nehmen Sie sich meine Karte mit. Für den Fall, daß Sie mich heute abend noch erreichen wollen, gebe ich Ihnen die Nummer der Drake-Detektei. Sie ist hier im selben Stockwerk und Tag und Nacht besetzt. Ich werde Bescheid sagen, daß man mich benachrichtigt, wenn Sie dort anrufen.«

»Das ist wirklich sehr liebenswürdig, Mr. Mason«, sagte sie. »Und wie steht es mit der Anzahlung?«

Mason deutete auf ihre Aktentasche. »Wieviel verdienen Sie bei diesem Job?« fragte er.

»Ich bin sehr zufrieden. Im Durchschnitt sind es sechs- bis siebenhundert Dollar monatlich. Natürlich habe ich noch alte Schulden abzuzahlen, aber ich stehe jetzt finanziell auf festen Füßen. Wären Sie mit hundert als Anzahlung einverstanden, Mr. Mason?«

Er grinste. »Sagen wir fünf. Schreiben Sie mir einen Scheck über fünf Dollar aus, damit sind Sie meine Klientin. Wir können über das Honorar sprechen, wenn wir Näheres wissen.«

Gwynn nickte.

»Und jetzt«, fuhr der Anwalt fort, »geben Sie mir dieses Papiertaschentuch. Hier, stecken Sie es in ein Kuvert, verschließen Sie es, und schreiben Sie Ihren Namen darauf, damit wir es später identifizieren können.«

Della Street reichte Gwynn Elston einen Briefumschlag. Gwynn schob das Taschentuch hinein und verschloß ihn. Dann schrieb sie ihren Namen darauf.

»Und noch einmal über die Rückseite«, bat Mason.

»Meine Güte«, seufzte Gwynn, »das ist ja, als handele es sich um Beweismaterial in einem Kriminalfall.«

»Vielleicht ist es das auch.«

Sie schüttelte den Kopf. »Ich würde ihn nie anzeigen, selbst wenn er wirklich versucht hätte, mich umzubringen. Nein, ich möchte nur ..., nun ja, ich will eben wissen, woran ich bin.«

»Sie haben allerhand Courage für ein junges Mädchen«, sagte Mason.

»In meinem Beruf braucht man Courage«, antwortete sie, öffnete ihr Scheckbuch und schrieb einen Scheck über fünf Dollar aus. »Also, ich halte Sie auf dem laufenden«, fügte sie hinzu, während sie Della Street den Scheck überreichte.

Della Street begleitete sie hinaus, kam dann zurück und sah ihren Chef an.

»Rufen Sie Paul Drake an«, bat der Anwalt. »Und dann werden wir uns an John Downey, den Toxikologen, wenden, damit er sich das Papiertaschentuch einmal ansieht, nur für den

Fall, daß der bittere Geschmack tatsächlich keine Einbildung war. Paul soll einen Boten in Downeys Labor schicken.«

»Halten Sie es für möglich«, fragte Della, »daß dieser Grimes etwas so Scheußliches getan hat?«

Mason zuckte mit den Schultern. »Wir haben es mit einem Mann zu tun, der möglicherweise alles auf eine Karte setzt. Wir müssen noch sehr viel über ihn erfahren, und das ziemlich rasch.«

»Wollen Sie, daß Paul Drake Erkundigungen über diesen Frankline Gillett anstellt?«

Mason schüttelte den Kopf. »Damit könnten wir unserer Klientin ins Gehege kommen. Grimes könnte mißtrauisch werden. Nein, damit müssen wir noch warten. Ich kann mir nicht helfen, aber ich habe das Gefühl, daß Gwynn Elston ganz gut auf sich selbst aufpassen kann. Sie ist ..., na ja, sie erscheint mir ziemlich selbstbewußt.«

Della lächelte. »Dann nehmen Sie es Felting Grimes wohl gar nicht übel, daß er sich an sie heranmachen wollte?«

»Ich bin wie Nell«, antwortete Mason grinsend. »Sehr großzügig.«

»Ich habe den Blick bemerkt, den Sie Gwynn nachgeschickt haben«, kommentierte Della.

»Das kann ich mir vorstellen. Und jetzt rufen Sie Paul an, und sehen Sie zu, daß wir von Downey so schnell wie möglich Bescheid bekommen. Er soll eine Quantitätsanalyse für Strychnin machen, aber keinesfalls das ganze Zeug verwenden. Vielleicht brauchen wir es tatsächlich noch als Beweismaterial.«

3

Als Della nachmittags um halb fünf den Hörer abnahm, lauschte sie einen Augenblick und zog die Augenbrauen hoch; dann sagte sie: »Einen Augenblick bitte.« Sie nickte ihrem Chef zu. »Doktor Downey ist am Apparat.«

»Hallo, John«, rief der Anwalt, »hier ist Perry Mason. Was gibt's Neues?«

»Paul Drake hat mir ein Kuvert geschickt«, berichtete Downey, »auf dem zweimal der Name Gwynn Elston stand. Ich habe es geöffnet und von dem zerknitterten Papiertaschentuch darin etwa ein Drittel abgeschnitten. Wie bestellt, habe ich den Strychnintest gemacht.«

»Und was haben Sie festgestellt?« fragte Mason.

»Strychnin.«

»Wieviel?«

»Ein bißchen mehr als eine Spur. Kaum der Rede wert, aber definitiv Strychnin.«

»Gut«, meinte Mason. »Heben Sie das Stück Papier sorgfältig auf. Legen Sie es in den Originalumschlag zurück, und stecken Sie diesen in ein größeres Kuvert, das Sie bitte verschlossen in Ihrem Safe aufbewahren. Machen Sie sich darauf gefaßt, daß Sie gegebenenfalls aussagen müssen.«

»Was soll das Ganze?« erkundigte sich Downey.

»Das weiß ich im Augenblick selbst noch nicht«, erklärte der Anwalt.

»Und ich habe schon befürchtet, daß ich Ihnen schlechte Neuigkeiten bringe, Perry«, meinte der Arzt. »Gewöhnlich haben Sie doch die Verteidigung, nicht?«

»Diesmal liegt der Fall ein wenig anders«, antwortete Mason. »Ich versuche, jemanden zu beschützen.«

»Wenn es sich um diese Gwynn Elston handelt, dann sollten Sie die Augen offenhalten«, warnte Downey. »Es besteht kein Zweifel darüber, daß jemand versucht hat, ihr Strychnin ins Essen oder Trinken zu mischen.«

»Herzlichen Dank«, sagte Mason. »Und bitte, John, heben Sie das Beweismaterial so auf, daß niemand heran kann und daß Sie es notfalls identifizieren können.«

Mason legte auf. »So, Della«, wandte er sich an seine Sekretärin, »damit haben wir den Beweis. Ich fürchte, heute wird es eine lange Nacht. Rufen Sie bitte Paul Drake an. Er soll einen Sprung herüberkommen.«

Wenige Minuten später erklang Drakes Klopfzeichen an der Privattür zu Masons Büro. Della ließ ihn ein.

Der Detektiv warf ihr einen bewundernden Blick zu. »Guten Tag, Schönste«, rief er gutgelaunt. Dann nahm er in dem großen Sessel seine Lieblingsposition ein und wandte sich an den Anwalt. »Schieß los.«

»Ich erwarte heute abend einen dringenden Anruf«, begann Mason.

»Wann ungefähr?«

»Zwischen halb neun und halb zehn. Es handelt sich um eine junge Dame. Sie heißt Gwynn Elston.«

»Das war doch der Name auf dem Kuvert, das mein Bote zu Dr. Downey brachte«, bemerkte Drake.

Mason nickte. »Und zu deiner Information, Paul: In diesem Kuvert war ein Papiertaschentuch, das deutliche Spuren von Strychnin aufwies.«

»Oho«, machte Drake. Dann überlegte er. »Wie sieht sie aus?« fragte er.

Della Street deutete mit den Händen ein paar Kurven an.

»Aha, wieder so eine, wie?«

»Noch besser«, lachte Della.

»Verflixt«, schimpfte Drake. »Du schöpfst immer den Rahm ab, Perry. Meine Kundinnen sind allesamt dürre, eifersüchtige Schachteln, desillusioniert und verbittert.«

»Reg dich nicht auf«, tröstete Mason. »In den meisten Fällen bist du doch mit von der Partie. Und jetzt hör zu. Ich will, daß du von acht Uhr an in deinem Büro sitzt. Laß deinen Wagen auftanken, und besorge dir mindestens einen zuverlässigen Mann, der jeder Situation gewachsen ist. Er darf ruhig breitschultrig und stark sein, und er soll Erfahrung haben. Ich brauche jemand, der mit der Situation fertig wird, falls es rund gehen sollte.«

»Verstehe. Du rechnest also mit Tätlichkeiten?«

»Das weiß ich noch nicht.«

»Und wo erreiche ich dich?«

»Ab Punkt halb neun im *Hollywood Brown Derby*. Della und ich werden dort zu Abend essen.«

»Immer dasselbe Lied«, klagte Drake, aber er grinste Della

dabei an. »Ich muß im Büro sitzen und mit Hamburgern und Kaffee vorliebnehmen. Ihr aber sitzt im *Brown Derby* und laßt euch die Spezialitäten des Hauses schmecken.«

»Weil Della und ich auf diese Weise näher am Feind sind«, erklärte Mason. »Es kann leicht sein, daß Minuten entscheiden, und ich möchte mir später keine Vorwürfe machen müssen.«

»Das hört sich ziemlich geheimnisvoll an«, meinte Drake.

»Ist es auch.«

»Kannst du mir mehr erzählen?«

Mason schüttelte den Kopf. »Nein. Jedenfalls im Augenblick noch nicht, Paul.«

»Na schön«, seufzte Drake. »Dann arbeite ich eben blind. Aber dieses Mädchen, diese Gwynn Elston muß ich kennenlernen, Perry.«

»Wirst du«, versprach der Anwalt. »Nur Geduld.«

Mit einem eleganten Schwung war Drake auf den Beinen, winkte Della zu und verließ das Büro.

»Sie glauben also nicht, daß vor halb neun etwas geschehen könnte?« fragte Della Street.

Mason schüttelte den Kopf.

»Eines muß man dem Mädchen lassen, Chef«, fuhr Della fort, »Nerven hat sie.«

Mason nickte.

»Aber ich kann mir nicht helfen, ich habe das Gefühl, daß sie selbst auch ganz schön gefährlich werden kann, wenn es darauf ankommt.«

»Was meinen Sie damit?« fragte Mason.

»Die ist mit allen Wassern gewaschen.«

»Heutzutage sind die Mädchen eben selbständiger.«

»Aber diese Elston sieht gut aus und hat etwas – na ja, in ihrem Kreis dürfte es keinen Mann geben, der es noch nicht bei ihr versucht hätte.«

»Versuchen darf man's doch, oder?«

Della lachte. »Sie messen mit Paul Drakes Maßstab. Ich nehme an, wir arbeiten bis halb neun durch?«

»Bis acht«, antwortete Mason, »dann bleibt uns genügend

Zeit, um rechtzeitig im *Brown Derby* einen Anruf zu erwarten.«

»Also, wenn wir schon Überstunden machen«, meinte Della, »dann sollten wir uns wirklich den Schriftsatz Nelson vornehmen.«

Mason nickte und blickte auf die Uhr. »Am besten, wir machen den Laden dicht, legen eine halbe Stunde Kaffeepause ein und erledigen dann die Nelson-Sache.«

Mason und Della Street arbeiteten bis drei Viertel acht. Dann schob der Anwalt die dicke Akte beiseite und stand auf.

Della klappte ihren Stenogrammblock zu und sah auf die Uhr. »Zehn Minuten Zeit, um mein Make-up aufzufrischen und die Regenmäntel herauszuholen.«

Um fünf vor acht schlossen sie das Büro und gingen zum Fahrstuhl. Mason schaute kurz bei Drake hinein und wandte sich an die Telefonistin: »Sagen Sie Paul bitte, daß wir jetzt auf dem Weg zum *Brown Derby* sind. Ab halb neun kann er uns dort erreichen.«

Das Mädchen nickte. »Wollen Sie selbst mit Mr. Drake sprechen?« fragte sie.

»Nicht nötig«, erwiderte Mason grinsend. »Das würde ihn nur erneut neidisch machen. Er soll am Ball bleiben.«

Als die beiden um zwanzig nach acht das *Brown Derby* betraten, winkte Mason den Oberkellner heran. »Gus, ich erwarte einige sehr wichtige Anrufe. Können Sie bitte dafür sorgen, daß ich sofort verständigt werde?«

»Ich mache etwas noch viel Besseres, Mr. Mason«, antwortete der Mann. »Ich lasse Ihnen einen Apparat an den Tisch bringen.«

»Fein. Vielen Dank, Gus.«

Mason, der einen Ecktisch ausgesucht hatte, saß mit dem Rükken zum Restaurant, während Della den Raum übersehen konnte. Nach einem Cocktail aßen beide gemütlich zu Abend.

Um neun Uhr fünfzehn rief Mason bei Paul Drake an. »Hast du irgend etwas gehört?« fragte er.

»Kein Wort. Ich sitze und warte.«

»Wir bleiben noch etwa zwanzig Minuten auf einen Likör, dann melde ich mich wieder bei dir.«

Zehn Minuten nach halb zehn klingelte das Telefon. Der Rechtsanwalt nahm den Hörer ab.

»Mr. Mason?« erkundigte sich die Vermittlung.

»Ja.«

»Ein Anruf für Sie.«

Einen Augenblick später war Paul Drake in der Leitung. »Ich habe gerade mit deiner Freundin gesprochen, Perry.«

Mason horchte auf. »Ärger?«

»Sie war munter wie ein Fisch im Wasser«, antwortete Drake. »Sie plauderte eine Weile mit mir und wollte dann wissen, wo du steckst. Ich habe ihr die Nummern vom *Brown Derby* gegeben. Menschenskind, hat das Mädchen eine Stimme«, fügte er schwärmerisch hinzu.

»Hoffentlich hast du dich nicht gleich mit ihr verabredet«, sagte Mason.

»So schlimm bin ich wieder nicht. Schließlich war ich im Dienst. Aber ich glaube wirklich, ich habe sie enttäuscht. Sie schien es gewöhnt zu sein, telefonisch Einladungen zu bekommen.«

»Paul, leg jetzt bitte auf«, sagte der Anwalt. »Wahrscheinlich versucht sie bereits, mich anzurufen.«

»Okay, aber sag mir Bescheid, ob ich noch warten muß.«

»In Ordnung«, versprach Mason. Er legte auf, und schon wenige Sekunden später erhielt er den zweiten Anruf.

Es war Gwynn Elston. »Ist dort Rechtsanwalt Perry Mason?« fragte sie.

»Ja.«

»Hier Gwynn, Mr. Mason.«

»Wo sind Sie?«

»In einer Tankstelle zwischen Burbank und Chatsworth, Siedlung Vista del Mesa. Ich kann Ihnen die Nummer geben, wenn Sie wollen.«

»Im Augenblick nicht nötig«, antwortete Mason. »Viel wichtiger: Was ist passiert?«

»Alles in bester Ordnung«, berichtete sie triumphierend. »Ich habe meine Sache glänzend gemacht. Kein Mensch hat den geringsten Verdacht geschöpft.«

»Der Mann war also nicht zu Hause?«

»Nein, natürlich nicht. Mrs. Gillett sagte, er sei aufgehalten worden; sie hätte es aber gern gesehen, daß ich die Sache mit ihrem Mann bespreche, da eine Bestellung aus finanziellen Gründen im Augenblick nicht in Frage komme. Ich habe in keiner Weise versucht, sie auszuhorchen und bin überzeugt, daß sie nicht mißtrauisch wurde. Im Gegenteil, sie war sehr nett zu mir.«

»Überhaupt nicht mißtrauisch, sagen Sie?«

»Keine Spur. Sie wissen doch, wie es ist, wenn man lügt. Entweder hat man das Gefühl, der andere glaubt einem vorbehaltlos, oder aber man rechnet mit Zweifeln und macht dann den Fehler, zuviel zu reden. Nein, sie hat keinerlei Verdacht geschöpft.«

»Sie scheinen ja, was Schwindeln betrifft, eine Expertin zu sein«, meinte Mason.

Sie lachte herzhaft. »Bin ich auch. Sie würden sich wundern, wie oft man als Mädchen in dieser Welt zum Lügen gezwungen wird.«

»Na schön«, meinte der Anwalt. »Fahren Sie jetzt nach Hause?«

»Ja.«

»Ich habe Neuigkeiten für Sie, Gwynn«, fuhr Mason fort. »Die Untersuchung Ihres Taschentuchs ergab Spuren von Strychnin.«

Sie schwieg ein paar Sekunden, dann sagte sie zögernd: »Das hatte ich befürchtet. Haben Sie schon die chinesischen Schriftzeichen übersetzt?«

»Noch nicht. Wirft das Strychnin Ihre Pläne um?«

»Es jagt mir Angst ein. Ich weiß jetzt, welches Scheusal dieser Felting Grimes ist. Jemand sollte mal versuchen, ihn umzubringen. Es wäre kein Verlust für die Menschheit.«

»Reden Sie kein dummes Zeug«, mahnte Mason.

»Ich kann nicht anders, es ist meine Überzeugung, daß es nicht schade um diesen Schuft wäre. Übrigens, Mr. Mason, ich habe auch mit Ihnen ein Hühnchen zu rupfen.«

»Weshalb denn?«

»Ich dachte, wir hätten ausgemacht, daß Sie mir die ganze Sache heute abend allein überlassen?«

»Na und?«

»Haben Sie nicht diesen Detektiv geschickt, der vor dem Baxter-Anwesen auf mich gewartet hat?«

»Nein. Was war mit ihm?«

»Ach, tun Sie doch nicht so«, rief sie. »Mir machen Sie nichts vor. Dieser Mann kam von der Detektei Drake und sollte auf mich aufpassen.«

»Erzählen Sie mir alles«, bat Mason und hielt den Hörer ein wenig vom Ohr weg, damit Della, die sich vorgebeugt hatte, mithören konnte.

»Es war ein gutaussehender und sehr, sehr netter Mann. Er könnte mir richtig gefallen«, begann Gwynn Elston. »Er tat so, als brauche er Hilfe, aber ich habe mich dadurch nicht täuschen lassen. Ich weiß, daß er nur zu meinem Schutz geschickt wurde. Seine Sachen waren komischerweise ganz trocken, obwohl er schon eine ganze Weile im Regen gestanden haben wollte.«

»Wo war das? Vor Gilletts Haus?«

»Nein, direkt vor dem Tor zu der Baxter-Villa. Er hätte eine Reifenpanne, sagte er, und sein Reserverad hätte keine Luft.«

»Und Sie bremsten und unterhielten sich mit ihm?«

»Er winkte, und ich stoppte. Er zeigte mir seine Dienstmarke und bat mich, ihn bis Vista del Mesa mitzunehmen. Von dort aus rufe ich Sie jetzt an.«

»Sie haben ihn also mitgenommen?« fragte Mason.

»Ja. Er spricht gerade mit dem Tankwart, damit man sein Auto abschleppt.«

»Und was haben Sie jetzt vor?« fragte Mason.

»Ich überlege mir, ob ich mich von diesem gutaussehenden

Detektiv zum Abendessen einladen lassen oder gleich nach Hause fahren soll. Würden Sie mir für morgen einen Termin geben, damit wir alles Weitere durchsprechen können?«

»Gut, morgen vormittag. Es geht Ihnen jetzt wirklich gut?«

»Prächtig.«

»Noch eines, Gwynn«, warnte Mason, »hören Sie auf mich: Verzichten Sie aufs Ausgehen, und fahren Sie gleich nach Hause. Legen Sie sich schlafen: für den Fall, daß Felting Grimes zu Hause sein sollte oder später noch kommt, rate ich Ihnen, sich sofort aus dem Staube zu machen. Setzen Sie sich in Ihren Wagen, und fahren Sie in ein Motel. Sowie Sie untergekommen sind, rufen Sie die Drake-Detektei an. Haben Sie alles verstanden?«

»Gewiß, Mr. Mason. Ich habe auch schon daran gedacht, mit Felting Grimes unter einem Dach – aber er kommt bestimmt nicht.«

»Woher wollen Sie das wissen?«

»Das weiß ich mit Sicherheit. Er ist geschäftlich unterwegs.«

»Und wie lange dauern diese Reisen gewöhnlich?«

»Meistens eine Woche, manchmal länger. Er kam auch schon unverhofft, das stimmt.«

»Na, sehen Sie«, sagte Mason. »Und heute könnte dieser Fall eintreten. Kommen Sie morgen in meine Kanzlei.«

»Um welche Zeit?«

Mason sah Della fragend an. Sie überlegte einen Augenblick, dann schrieb sie mit dem Finger »halb elf« auf das Tischtuch.

»Paßt es Ihnen um zehn Uhr dreißig, Gwynn?« fragte Mason.

»In Ordnung, ich bin pünktlich.«

»Fein. Wir werden dann in aller Ruhe unsere weiteren Schritte besprechen.«

Der Anwalt wartete, bis sie aufgelegt hatte und die Leitung wieder frei war. Dann rief er Paul Drake an. »Paul, du hattest doch keinen Mann auf meine Klientin draußen angesetzt?« fragte er den Detektiv, als sich dieser gemeldet hatte.

»Wo draußen?«

»Beim Grundstück von George Belding Baxter, draußen in Vista del Mesa.«

»Himmel, nein, ich kenne den Namen gar nicht. Mein Mann sitzt hier neben mir, wie verabredet. Weshalb fragst du, Perry?«

»Na, dann war es wohl wirklich ein Zufall«, murmelte Mason. »Für heute kannst du Schluß machen, Paul. Aber ich würde dich bitten, in deiner Zentrale zu hinterlassen, daß man mich sofort verständigt, falls Gwynn Elston doch noch einmal anrufen sollte. Ich glaube zwar nicht, daß sie es tut, aber sie muß mich auf alle Fälle erreichen können.«

»Gemacht«, versprach der Detektiv. »Und was ist mit meinem starken Mann? Kann ich ihn nach Hause schicken?«

»Ja, tu das. Es geht wieder friedlich zu.«

Der Anwalt legte auf. »Ich glaube, wir können nach Hause fahren, Della«, meinte er. »Unser Täubchen scheint in Sicherheit zu sein.«

Della nickte, dann sagte sie: »Aber ich werde das Gefühl nicht los, daß unser Täubchen gefährlich werden kann, wenn es hart auf hart geht.«

»Wahrscheinlich«, stimmte Mason zu, »aber soweit wird es hoffentlich nicht kommen. Gehen wir.«

4

Um fünf Minuten nach halb elf sah Della auf die Uhr. »Ihre charmante Klientin scheint es mit der Pünktlichkeit nicht so genau zu nehmen«, meinte sie.

Mason runzelte die Stirn. »Ja, sie müßte eigentlich schon hiersein. Aber wenn keine akute Gefahr mehr besteht, ist plötzlich alles nicht mehr so wichtig.«

»Dann schlage ich vor, daß Sie mir die Post diktieren, damit wir die Wartezeit ausnutzen«, sagte Della.

»Gute Idee.«

Um drei Viertel elf war der Anwalt mit seinem Diktat fertig. »Wie ist Gwynns Adresse?« fragte er abrupt.

»Bei Felting Grimes, 367 Mandala Drive.«

»Hat sie Telefon?«

»Ja, hier ist die Nummer.«

»Rufen Sie doch bitte an, Della. Mal sehen, was los ist.«

Wenig später hatte Della die Verbindung hergestellt. »Kann ich bitte mit Gwynn Elston sprechen«, fragte sie. »Sie wohnt doch bei Ihnen, nicht wahr? Ach so . . ., vielen Dank. Darf ich fragen, mit wem ich . . ., aha, besten Dank Mrs. Grimes. Nein, das ist nicht nötig. Ich bin nur eine Bekannte und rufe ganz privat an. Nichts Wichtiges. Ich versuche es später noch einmal. Danke schön.«

Bevor Mrs. Grimes weitere Fragen stellen konnte, hatte Della aufgelegt. »Das war Nell Grimes«, berichtete sie ihrem Chef. »Sie wollte unbedingt, daß ich eine Nachricht hinterlasse. Sie war reichlich neugierig und beharrlich. Miss Elston ist kurz vor neun aus dem Haus gegangen, aber Nell Grimes wußte nicht, wie ihre Termine aussehen und wo man sie erreichen kann. Sie nimmt an, daß sich Gwynn noch im Laufe des Vormittags bei ihr meldet.«

Mason schwieg nachdenklich. »Verflixt, Della«, stieß er hervor, »wenn diesem Mädchen irgend etwas passiert ist, werde ich es mir nie verzeihen. Strychnin in ihren Drink zu mischen ist schließlich . . .«

»Aber sie war doch bis kurz vor neun zu Hause«, unterbrach ihn Della.

»Das behauptet Mrs. Grimes«, antwortete der Anwalt. »Ich . . .«

Das Telefon unterbrach ihn.

»Ja, Gertie?« meldete sich Della. »So? Einen Augenblick bitte.« Sie wandte sich an Mason: »Ihre vermißte Klientin sitzt im Vorzimmer. Sie ist gesund und munter, aber genau –« Della blickte auf die Uhr – »zwanzig Minuten zu spät erschienen.«

»Bringen Sie sie herein«, befahl Mason, »aber erklären Sie

ihr vorher, daß meine Zeit sehr genau eingeteilt ist und daß meine Termine ...«

»Verstehe«, sagte Della. »Ich werde sie schon zurechtstauchen. Mich beeindrucken nämlich ihre schönen Beine nicht.«

Drei Minuten später kam Della mit Gwynn Elston im Schlepptau zurück.

Mason sah auf und bemerkte, daß ihm Della ein Zeichen gab.

»Nun«, wandte er sich an Gwynn Elston, »wir sind hier ...«

»Miss Elston ist in einer heiklen Lage«, sprudelte Della hervor.

Mason hob fragend die Augenbrauen.

»Setzen Sie sich doch bitte, Miss Elston«, meinte Della. »Erzählen Sie Mr. Mason, was Sie mir gerade gesagt haben.«

Mason betrachtete Gwynn Elstons bleiches, entsetztes Gesicht. »Ich nehme an, Mr. Grimes ist unverhofft nach Hause gekommen?«

Sie schüttelte den Kopf und flüsterte: »Er kommt überhaupt nicht mehr nach Hause. Er ist tot.«

»Wer? Grimes?«

Sie nickte.

Mason seufzte. »Woher wollen Sie das wissen?«

»Ich habe die Leiche gesehen.«

»Wann?«

»Vor ..., vor ungefähr einer dreiviertel Stunde.«

»Moment mal«, sagte Mason, »wir haben vor nicht ganz zehn Minuten mit seiner Frau telefoniert, und sie ...«

»Sie weiß es noch nicht«, unterbrach Gwynn Elston. »Niemand weiß es. Er ist ermordet worden.«

»Haben Sie ihn umgebracht?«

Sie schüttelte den Kopf.

»Erzählen Sie mir alles ganz genau«, forderte Mason sie auf. »Aber werden Sie nicht hysterisch, dazu reicht die Zeit nicht. Keine Tränen, keine langen Vorreden. Erzählen Sie mir die nackten Tatsachen. Wo haben Sie ihn gesehen?«

»Draußen auf dem Anwesen von George Belding Baxter.«

»Was hatten Sie dort zu suchen?«

»Ich wollte mich nach dem Detektiv von gestern abend erkundigen, der mir den Revolver gab.«

»Den Revolver!« rief Mason.

Sie nickte.

»Weiter«, befahl der Anwalt barsch.

»Soll ich von dem Revolver erzählen oder ganz von vorn?«

»Fangen Sie von vorn an, aber machen Sie rasch. Sie fuhren zu den Gilletts. Mr. Gillett war nicht zu Hause. Die Frau sagte, sie könne sich die Bücher im Augenblick nicht leisten, weil sie andere Ausgaben hätte. Sie waren fast eine Stunde dort. So, und was taten Sie dann?«

»Ich ging.«

»Und weiter?«

»Sie erinnern sich, daß es gestern den ganzen Tag regnete. Gegen Abend klarte es zwar ein wenig auf, aber es nieselte doch. Ich fuhr ziemlich langsam. Als ich beim Baxter-Grundstück ankam, winkte mir ein Mann mit einer Taschenlampe.«

»Und wie verhielten Sie sich?«

»Ich wollte schon anhalten, aber dann fiel mir ein, wieviel so passiert und ..., nun ja, ich fuhr eben weiter.«

»Und dann?«

»Der Mann sprang mitten auf die Straße, direkt vor meinen Kühler. Der Strahl seiner Taschenlampe blendete mich.«

»Was war das für eine Taschenlampe?«

»Eine Stablampe, aber sehr stark.«

»Gut. Sie hielten also an. Und dann?«

»Der Mann stand neben seinem Wagen. Der Deckel zum Kofferraum war offen. Er erzählte mir, daß er eine Reifenpanne hätte und bat mich, ihn zur nächsten Tankstelle mitzunehmen, da er keinen Wagenheber besäße. Er sah sehr gut aus. Mir fiel aber sofort auf, daß er keinen Regenmantel trug. Dabei war sein Anzug vollkommen trocken. Es regnete zwar nicht mehr stark, aber lange konnte er keinesfalls draußen gestanden haben. Ich glaube eher, daß er im Auto auf mich wartete.«

»Weiter.«

»Ich ließ meine Wagentür geschlossen und leierte nur das Fenster ein paar Zentimeter herunter, damit ich hören konnte, was er sagte. Sehen Sie, man bekommt mitunter die unmöglichsten Offerten und ...«

»Kann ich mir vorstellen«, unterbrach Mason sie ungeduldig. »Aber das interessiert jetzt nicht. Wie ging es weiter?«

»Er zog eine Brieftasche heraus und zeigte mir seine Dienstmarke. Dann befahl er mir, die Tür zu öffnen.«

Mason nickte.

»Ich weigerte mich trotzdem«, fuhr sie fort, »aber er gab nicht auf. Er sagte, daß er nicht die ganze Nacht Zeit hätte, um sich mit mir herumzustreiten. Er würde mich nicht belästigen, er sei Beamter. Er könne mir seinen Revolver geben, und wenn er dann auch nur den geringsten Annäherungsversuch machte, könnte ich ja halten und ihn hinauswerfen.«

»Und dann?«

»Er steckte seinen Revolver mit dem Griff zuerst durchs Fenster und ließ ihn auf den Sitz fallen.«

»Und?«

»Na ja, ich nahm die Waffe, machte die Tür auf und ließ ihn einsteigen.«

»Weiter.«

»Ich nahm ihn bis Vista del Mesa mit. Das ist ungefähr zwei Kilometer von Baxters Anwesen entfernt. Die Tankstelle dort hatte geöffnet, und er wollte mit dem Tankwart wegen seines Autos sprechen.«

»Was geschah dann?« fragte Mason.

»Wir hielten an. Der Tankwart hatte gerade mit einem anderen Auto zu tun. Der Detektiv ging zur Toilette, und ich rief Sie an.«

»Und dann?«

»Danach wartete ich und wartete, aber er kam nicht wieder. Als es mir zu dumm wurde, fragte ich den Tankwart, ob er sich mit dem Polizisten geeinigt hätte und dessen Wagen abholen wollte. Aber der Mann antwortete, er habe mit niemandem gesprochen. Er hätte mich zwar mit einem Herrn ankommen sehen und auch beobachtet, wie dieser zur Herrentoilette ging, aber er sei zu beschäftigt gewesen, um weiter aufzupassen.«

»Verstehe«, meinte Mason. »Und was taten Sie daraufhin?«

»Ich bat den Tankwart, in der Herrentoilette nachzusehen.«

»Aber sie war leer, wie?«

Sie nickte.

»Und dann?«

»Ich sah noch in der Damentoilette nach, vergeblich, und fuhr dann nach Hause.«

»Und der Revolver?«

»Der lag auf dem Nebensitz in meinem Wagen.«

»Aha. Sie fuhren also nach Hause. Und dann?«

»Nell war noch auf. Ich erzählte ihr, ich hätte wahnsinnige Kopfschmerzen und wollte gleich ins Bett gehen. Ich tat genau das, was Sie mir geraten hatten.«

»Sie legten sich also schlafen?«

»Ich versuchte es. Nell kam aber in mein Zimmer und machte mir Vorwürfe. Sie sagte, ich sei in letzter Zeit so sonderbar, und außerdem wäre ich eine schlechte Lügnerin. Ich sollte ihr alles erzählen, meinte sie. Wörtlich sagte sie: ›Wenn du eine Affäre mit meinem Mann hast, gibt es nur zwei Möglichkeiten. Entweder ist es Ernst oder eine Eskapade. Im ersten Fall müssen wir uns trennen, im anderen vergessen wir die Geschichte.‹«

Mason seufzte. »Und daraufhin erzählten Sie ihr alles?«

»Nein, das habe ich nicht getan. Ich sagte, daß sie sich wegen ihres Mannes keine Sorgen zu machen brauche. Ich sei nur ein bißchen durcheinander, weil mich ein Polizist angehalten und mir seinen Revolver gegeben hätte. Aber von meinem Verdacht ließ ich kein Sterbenswörtchen verlauten. Ich verschwieg ihr auch, daß ich mich mit Ihnen in Verbindung gesetzt hatte.«

»Und dann?«

»Nun, sie versuchte, mich ins Kreuzverhör zu nehmen. Sie meinte, Polizisten ließen ihre Dienstpistolen nicht so einfach in irgendeinen Mädchenschoß fallen. Außerdem sei sie sicher, daß Felting irgend etwas vorhabe und daß es mich beträfe. Sie wollte wissen, ob er erneut Annäherungsversuche gemacht hätte. Wir unterhielten uns noch eine Weile, sie schien dann sehr erleichtert zu sein. Sie wollte mir noch ein Glas heiße Milch geben und dann auch schlafen gehen.«

»Weiter, bitte erzählen Sie weiter.«

»Sie machte für jede ein Glas Milch warm und ging dann zu Bett. Ich hatte mit einer schlaflosen Nacht gerechnet, aber ich schlief wie ein Murmeltier. Heute morgen, als ich aufstand, wollte Nell mich weiter aushorchen. Sie meinte, je länger sie über meine Geschichte mit dem Polizisten nachdenke, um so zweifelhafter erschiene sie ihr. Sie warf mir vor, ich wolle ihr etwas verheimlichen.«

»Und?«

»Ich holte den Revolver und zeigte ihn ihr. Erst jetzt stellten wir fest, daß ein Schuß abgefeuert worden war.«

»Ein Schuß?« wiederholte Mason.

Sie nickte.

»Sprechen Sie weiter.«

»Ich bemühte mich, die ganze Sache als ein Abenteuer abzutun«, fuhr Gwynn Elston fort, »aber ich wollte doch feststellen, wer dieser Polizist war und zum Baxter-Anwesen hinausfahren, wo ich ihn gestern abend getroffen hatte.«

Mason nickte.

»Gedacht, getan. Bis zu meiner Verabredung mit Ihnen blieb mir ja noch eine Menge Zeit.«

»Verstehe.«

»Die Einfahrt war offen«, fuhr Gwynn Elston fort. »Ich konnte bis vors Haus fahren. Ich klingelte, aber es antwortete mir niemand. Dann fuhr ich mit meinem Wagen um das Haus herum und . . .«

»Weshalb mit dem Wagen?« unterbrach Mason. »Weshalb sind Sie nicht gelaufen?«

»Ich habe Angst vor Hunden.«

»Aha. Weiter.«

»Ich fuhr also um das Haus herum zur Rückseite. Sie wissen ja, daß es gestern regnete. Die Erde und das Laub neben der Einfahrt waren noch ganz naß. Mit einem Hinterrad kam ich zu weit vom Weg ab und blieb stecken, das heißt, ein Rad drehte leer durch, als ich versuchte, wieder herauszukommen. Ich ließ meinen Wagen kurzerhand stehen und ging weiter. Kaum war ich ein paar Schritte gegangen, als ich einen Fuß mit einem Schuh daran aus einem Gebüsch ragen sah. Vorsichtig trat ich näher. Ich hatte mich nicht getäuscht. Als ich die Zweige auseinanderbog, lag da Felting Grimes im Laub. Tot. Ein Bein hatte er ganz an den Leib gezogen.«

»War er wirklich tot?« fragte Mason.

»Mausetot und eiskalt.«

»Sie haben ihn berührt?«

»Ja, ich habe mich hinuntergebeugt und sein Gesicht angefaßt. Es war kalt.«

»Und was bringt Sie darauf, daß man ihn ermordet hat?«

»Das Einschußloch in seiner Brust.«

Mason holte tief Luft. »So. Na, dann lassen Sie uns jetzt den Rest hören.«

»Ich verlor den Kopf, rannte zu meinem Auto, sprang hinein und versuchte zu starten. Zuerst drehten die Räder wieder durch, aber schließlich faßten sie, und ich raste los.«

»Und der Revolver?« fragte Mason.

»Das ist es ja. Ich verlor den Kopf und wollte ihn loswerden. Als ich durch die Einfahrt zurückfuhr, verlangsamte ich das Tempo. Am Tor vorn stehen hohe Büsche. Dort hinein warf ich den Revolver, so weit weg, wie ich nur konnte. Zuerst wollte ich zu Nell zurückfahren und ihr alles erzählen. Aber dann fiel mir ein, daß ich doch mit Ihnen verabredet war, also fuhr ich hierher.«

Mason studierte seine Klientin, dann warf er Della Street einen Blick zu. »Wissen Sie was, Gwynn?« meinte er. »Ich muß daran denken, was Ihre Freundin Nell von Ihnen behauptet hat.«

»Was denn?«

»Daß Sie eine schlechte Lügnerin seien.«

Sie wurde rot und wollte wütend aufspringen, lehnte sich jedoch statt dessen steif in ihrem Stuhl zurück. »Das muß ich mir verbitten, Mr. Mason.«

»Ihre Geschichte ist aber ...«

»Sie ist die Wahrheit«, rief sie rasch. »Sie täuschen sich in mir. Ich kann nämlich ausgezeichnet lügen, müssen Sie wissen. Nur hätte ich mir dann eine Geschichte ausgedacht, die Hand und Fuß hat und viel plausibler klingt als diese hier. Zugegeben, das mit dem Polizisten und dem Revolver ist völlig unglaubwürdig. Aber er wußte, daß ich ihn sonst nicht mitgenommen hätte. Sie müssen mir glauben, es stimmt, daß er mir den Revolver durch das Fenster schob.«

»Na schön«, meinte Mason grimmig, »Sie sind meine Mandantin. Ich muß von der Annahme ausgehen, daß Sie die Wahrheit erzählen. Aber eins will ich Ihnen sagen: Wenn Sie lügen, erschwindeln Sie sich dadurch eine Fahrkarte in die Gaskammer. Das ist Ihnen hoffentlich klar? Der kostspieligste Fehler, den ein Mensch machen kann, ist, seinen Anwalt anzulügen. Das ist genauso schlimm, wie wenn ein Patient seinem Arzt nicht die Wahrheit sagt. Verstehen Sie, was ich meine?«

Sie nickte.

»Ich habe keine Zeit, Sie ins Kreuzverhör zu nehmen«, fuhr Mason fort, »ich habe keine Zeit, Ihre Angaben nachzuprüfen. Ich muß mein Stückchen also nach Gehör spielen, und das schnell. Wenn ich einmal davon ausgehe, daß Sie mir die Wahrheit sagten, muß ich dabei bleiben. Sollten Sie mich also angelogen haben, kommt alles, was ich tun werde, wie ein Bumerang auf Sie zurück. Verstehen Sie das?«

Wieder nickte sie.

»Also gut«, meinte Mason, »Sie haben eine Liste von Interessenten, die jeden Tag telefonisch durchgegeben wird?«

»Manchmal kommt die Liste auch mit der Post.«

»Ja ja, aber Sie haben noch Kunden, die Sie aufsuchen müßten?«

»Natürlich, ich müßte den ganzen Tag unterwegs sein.«

»Dann fahren Sie los.«

»Aber muß ich nicht ..., ich meine, müssen wir nicht melden ...«

»Tun Sie, was ich Ihnen sage«, fiel ihr Mason ins Wort.

»Aber was wird mit der Leiche?«

»Sie sind verpflichtet, einen Leichenfund zu melden. Sie haben ihn mir gemeldet. Ich bin Ihr Rechtsanwalt, ich erledige die Dinge für Sie. Und noch eines: Ich wünsche, daß Sie nichts unternehmen, was man Ihnen später als Fluchtversuch auslegen kann. Gehen Sie Ihrer Arbeit nach wie stets.«

»Und Nell? Soll ich ihr nichts sagen?«

»Sie sollen keiner Menschenseele etwas sagen. Ich habe das Gefühl, daß Sie sich der Tragweite der Geschehnisse nicht recht bewußt sind. Immerhin haben Sie den Toten entdeckt und herausbekommen, daß er offenbar mit zwei Frauen gleichzeitig verheiratet war und unter zwei verschiedenen Namen lebte. Ich kann Ihnen nur dringend raten, Gwynn, meine Anordnungen genau zu befolgen. Also, machen Sie sich auf den Weg, besuchen Sie Ihre Kunden, und abends fahren Sie wie gewohnt nach Hause.«

»Als ob nichts passiert sei?« fragte sie fassungslos.

»Als ob nichts passiert sei«, wiederholte Mason. »Wenn Sie vorher nichts von mir hören, werde ich oder ein Beauftragter im Hause Grimes auf Sie warten. Und jetzt fahren Sie los.«

Gwynn Elston stand auf und ging zur Tür. Aber sie wandte sich noch einmal um. »Mr. Mason, ich danke Ihnen für alles. Sie dürfen mir glauben, daß ich die Wahrheit gesagt habe.«

»Hoffen wir's«, erwiderte Mason.

Gwynn Elston hatte die Kanzlei kaum verlassen, als Mason sich an seine Sekretärin wandte: »Gehen Sie bitte zu Paul Drake hinüber, Della. Ich brauche den Namen dieses Detektivs, dessen Wagen gestern abend vor dem Baxter-Anwesen stand. Ich brauche den Mann, bevor ihn jemand anders aufstöbert.«

Della nickte.

»Außerdem brauche ich den Namen des Tankwarts, bei dem Gwynn mit diesem Polizisten vorsprach«, fuhr Mason fort.

»Und die Leiche? Wollen Sie nicht . . .«

»Ich werde mit Leutnant Tragg von der Mordkommission sprechen«, erwiderte Mason. »Sagen Sie beim Hinausgehen Gertie Bescheid, daß sie mich gleich mit seinem Dienstzimmer verbindet.«

»Wird erledigt.«

Kurze Zeit später war die Verbindung mit Tragg hergestellt.

»Hallo, Leutnant, wie geht es Ihnen heute? Hier Perry Mason.«

»So sagte Ihre Telefonistin bereits«, erwiderte Tragg trokken. »Ich nehme an, Sie brauchen eine Information?«

»Im Gegenteil, ich gebe Ihnen eine.«

»Wie nett von Ihnen«, meinte Tragg ironisch. »Ich darf mir wohl die Bemerkung erlauben, daß mich das bei Ihnen überrascht.«

»Diesmal möchte ich Ihnen einen Vorfall melden, der ganz nach Mord aussieht", sagte Mason.

»Na, so was«, rief Tragg. »Das ist wirklich eine ganz neue Masche. Sonst lassen Sie gewöhnlich uns die Leichen finden, und wir müssen dann feststellen, daß Sie schon – na, lassen wir das. Können Sie mir den Namen des Ermordeten sagen?«

»Ich glaube, daß es sich um Frankline Gillett handelt«, antwortete Mason. »Er wohnte draußen im Tribly Way, ganz in der Nähe des großen Villengrundstückes von George Belding Baxter. Dieses Anwesen ist, soweit ich weiß, von einem prächtigen, schmiedeeisernen Zaun umgeben. Mr. Gilletts Leiche ist teilweise durch Buschwerk verdeckt.«

»Und woher wissen Sie das alles?« erkundigte sich Tragg.

»Eine Klientin hat die Leiche gefunden.«

»Und wo ist diese Klientin jetzt?«

»Das weiß ich nicht. Sie hat mein Büro bereits verlassen.«

»Kommen Sie mir nicht mit faulen Tricks, Perry«, warnte Tragg. »Wir wollen diese Ihre Klientin verhören. Also holen Sie sie zurück.«

»Das Gesetz schreibt vor, daß ich als Anwalt ein Verbrechen

melden muß, sowie ich davon erfahre«, erwiderte Mason seelenruhig. »Aber niemand kann meine Klientin zwingen, über diese Meldung hinaus Aussagen zu machen. Ich muß auch die Identität dieser Dame nicht preisgeben. Also, vielen Dank, Leutnant. Das war alles.«

Bevor Tragg noch etwas erwidern konnte, legte der Anwalt auf.

5

Paul Drake lümmelte sich seufzend in den großen Lederstuhl. Seine Bewegungen hatten eine scheinbar katzenhafte Trägheit, aber nur Fremde ließen sich davon täuschen. Wer den Detektiv kannte, wußte, daß ihm kein Wort, keine Geste und keine Bewegung entging. »Also schön, Perry«, meinte er, »ich habe deine Instruktionen befolgt. Meine Männer sind bereits an der Arbeit. Und jetzt möchte ich den Grund für den Blitzalarm wissen.«

»Nimm dein Notizbuch zur Hand«, bat Mason? »und höre zu: George Belding Baxter hat am Tribly Way ein großes Anwesen. Dort parkte gestern dieser Wagen. Was weißt du über Baxter? Ich brauche die Auskunft schnell.«

»Ein mehrfacher Millionär, Sportsmann«, erwiderte Drake kurz. »Hat seine Finger in vielen Unternehmen.«

»Wie alt?«

»Schätze fünfundfünfzig.«

»Verheiratet?«

»Geschieden. Vor ein paar Jahren hat seine Scheidung allerhand Staub aufgewirbelt. Sie bekam eine hübsche Abfindung. Ich glaube, mehrere Millionen.«

»Ich brauche Details, und zwar so schnell wie möglich.«

»Sonst noch etwas?« fragte der Detektiv.

»Noch eine ganze Menge. Ein Mann namens Frankline Gillett wohnt ebenfalls am Tribly Way und hat einen siebenjährigen Sohn. Der Kleine heißt Frankline junior. Gillett ist verheiratet und gestern nacht oder heute frühmorgens ermordet worden. Die Polizei ist bereits verständigt. Seine Leiche liegt auf George Baxters Grundstück.«

»Du meine Güte«, platzte Drake heraus. »Wer hat die Polizei verständigt?«

»Ich.«

»Du?«

»Stimmt.«

Drake fuhr in seinem Stuhl hoch. »Verflixt noch mal, Perry, das kannst du doch nicht machen!«

»Was denn?«

»Na, erst die Polizei verständigen und dann mich rufen.«

»Und wenn ich die Polizei nicht benachrichtigt hätte, was dann?«

Drake warf dem Anwalt einen verzweifelten Blick zu. »Ich will nicht mit dir streiten«, seufzte er, »ich sag's ja nur.«

»Gut, ich habe es gehört. Und jetzt sage ich dir etwas im Vertrauen: Ich habe Grund zu der Annahme, daß ein Revolver vom Kaliber .38 in den Büschen am Tor liegt.« Mason nahm sich einen Zettel zur Hand. »Warte, ich mache dir eine Skizze. Hier ungefähr müßte die Waffe liegen«, sagte er und drückte Drake die rasch angefertigte Zeichnung in die Hand.

»Und was soll ich damit?« stöhnte Drake.

»Fahr hinaus«, bat Mason, »und wenn du auch nicht in das Anwesen hinein darfst, dann treibe dich wenigstens am Zaun herum. Wenn die Polizei den Revolver findet, muß ich es sofort wissen.«

»Und wenn sie ihn nicht findet?«

»Dann bittest du die Beamten um die Genehmigung, den Boden gründlichst absuchen zu dürfen«, antwortete Mason. »Selbstverständlich wird man dir das nicht gestatten, aber damit bekommt die Polizei wenigstens einen Tip.«

»Willst du denn, daß ich die Waffe finde?« fragte Drake.

»Um Gottes willen, nein«, antwortete Mason. »Im Gegenteil, die Polizei soll den Revolver finden, verstehst du? Wenn sie ihn hat, will ich sofort Bescheid bekommen.«

»Eines schönen Tages sehe ich dich noch im Kittchen landen«, meinte Drake.

»Das laß nur meine Sorge sein«, sagte Mason. »Tu, was ich dir sage. Besorge mir so viel du kannst über Baxter; besorge mir so viel du kannst über Frankline Gillett; besorge mir so viel du kannst über den Mord. Treib dich draußen herum. Die Polizei wird dir das übelnehmen. Also wirst du eine Menge Köpfchen brauchen und außerdem Fingerspitzengefühl.«

»Wie erkläre ich ihnen meine Kenntnis von dem Mord? Was soll ich sagen, wenn sie meinen Auftraggeber wissen wollen?«

»Sage ruhig, daß ich das bin, daß ich dich über alles informiert habe. Aber falls und sobald die Polizei einen Revolver findet, will ich das wissen – sofort.«

Drake nickte.

»Also«, meinte Mason, »hier alle Tatsachen, die ich bisher über den Wagen weiß, den du aufspüren sollst: Gestern abend stand er zwischen neun und zehn vor Baxters Tor. Er gehörte angeblich einem Polizisten oder einem Privatdetektiv. Ich brauche alles über diesen Wagen. Mach mir Abdrücke der Reifenspuren im aufgeweichten Randstreifen, wenn es geht. Denke an weggeworfene Zigarettenschachteln, Streichhölzer und so weiter. Und dann recherchiere bei allen Tankstellen in Vista del Mesa. Sprich dort mit den Leuten, die gestern abend Dienst hatten. Treib mir den Mann auf, der sich an eine junge Dame erinnert, die von ihrem Begleiter sitzengelassen wurde. Besorge mir eine Beschreibung dieses Begleiters, und vergewissere dich hundertprozentig, daß dir die Polizei nicht auf den Fersen sitzt, wenn du zu den Tankstellen fährst. Weiter: Überprüfe jede Tankstelle, jeden Abschleppdienst in der Gegend und ermittle den Mann, der gestern eine Reifenpanne behoben hat. Laß dir von ihm die Zulassungsnummer des Wagens geben, den Namen des Auftraggebers und den des Eigentümers. Klar, das ist eine Menge Arbeit, aber du kannst so viele Leute ansetzen, wie du brauchst.«

»Meine Leute sind bereits unterwegs nach Vista del Mesa

und werden telefonisch um weitere Instruktionen bitten. Der Wagen hatte also einen platten Reifen?«

»Ja«, antwortete Mason. »Offenbar war auch der Reservereifen ohne Luft. Du mußt dich bei den Tankstellen auch erkundigen, ob jemand nur ein Reserverad aufgepumpt hat. Darüber hinaus . . .«

Die Tür zum Vorzimmer wurde aufgestoßen, und Leutnant Tragg, den Hut ins Genick geschoben, stürmte herein. Er wurde von einem Zivilbeamten begleitet, der zwei Schritte hinter Tragg stehenblieb und ostentativ schwieg.

»Wunderbar, meine Herren«, sagte Mason sarkastisch, »kommen Sie nur immer herein, ohne anzuklopfen.«

»Das ist bei uns üblich«, versicherte ihm Tragg fröhlich. »Ich habe Ihnen die Methode schon mehrmals erklärt, Perry. Sie erhöht unsere Erfolgschancen, besonders bei einem solchen Anlaß.«

»So schnell habe ich Sie nicht erwartet«, bemerkte Mason. »Ich wähnte Sie draußen bei Baxters Besitz.«

»Ich weiß, deshalb bin ich auch hierhergefahren«, meinte Tragg mit einem schiefen Lächeln. »Wie ich sehe, geben Sie Ihrem Detektiv gerade Instruktionen.«

»Sehr richtig«, antwortete Mason. »Und ich glaube, wir sind damit fertig. Du kannst dich auf den Weg machen, Paul.«

Tragg grinste Drake an. »Bleiben Sie hübsch sauber, Paulchen. Sie haben eine Lizenz zu verlieren.«

»Aber nehmen Sie doch Platz, meine Herren«, lud Mason ein.

»Dazu haben wir leider keine Zeit«, meinte Tragg. »Ich brauche den Namen Ihrer Klientin im Mordfall Gillett.«

Mason schüttelte den Kopf. »Den muß ich Ihnen nicht sagen.«

»Schätze, Sie kennen den Paragraphen über Mitwisserschaft?«

»Sicher kenne ich den«, antwortete Mason. »Aber auch die Vollmachten eines Rechtsbeistandes; und den Passus über das Unterschlagen von Beweismaterial; und die Verhaltensvorschrift beim Auffinden einer Leiche. Wissen Sie, Tragg, ich habe Ihnen einen Gefallen getan. Ich habe Sie von einem Mord unterrichtet, obwohl ich es gar nicht mußte.«

»Natürlich mußten Sie das«, konterte Tragg. »Sonst hätten Sie sich strafbar gemacht.«

»Aber ich habe doch gar keine Leiche gesehen«, meinte Mason scheinheilig.

»Aber Sie wußten, wo eine lag.«

»Das hat mir jemand erzählt.«

»Na bitte, das reicht doch.«

»Eben nicht«, beharrte Mason. »Es ist reines Hörensagen. Ich könnte Ihnen beispielsweise erzählen, daß Ecke Siebte und Broadway eine Leiche liegt, und Sie müßten trotzdem nicht gleich die Polizei anrufen.«

»Aber nur deshalb, weil dort gar keine Leiche liegt«, antwortete Tragg.

»Woher wollen Sie das wissen?«

»Das merke ich am Klang Ihrer Stimme und an vielen anderen Dingen.«

»Also brauchen Sie es auch nicht zu melden?«

»Nein.«

»Dann hängt es also rein von der Menschenkenntnis ab«, meinte Mason lächelnd. »Ich wünschte, ich hätte früher daran gedacht, Leutnant Tragg, denn jetzt, da Sie es erwähnen, erinnere ich mich, daß die Stimme meiner Klientin wirklich einen Tonfall hatte, der ...«

»Ich weiß, ich weiß«, unterbrach ihn Tragg. »Und ich statte Ihnen wirklich nur einen gut nachbarlichen Besuch ab, Perry, weil ich Sie so gern mag. Nichts wäre schlimmer für mich, als Sie hinter Schloß und Riegel zu sehen. Ich würde Sie zu sehr vermissen.«

»Ich Sie auch«, versicherte ihm Mason. »Ich hatte schon immer eine Schwäche für Kriminalbeamten, die mal kurz bei mir hereinschauen und mir das Gesetz erläutern.«

»Im Augenblick, da Sie einen Mörder decken ...«

Mason ergänzte lächelnd: »... mache ich mich zum Komplicen, sehr richtig. Aber schauen Sie doch gelegentlich mal ins Strafgesetzbuch, und zeigen Sie mir den Paragraphen, der es mir verbietet, einer unschuldigen Person zu helfen, die irrtümlich des Mordes bezichtigt wird.«

»Ich spreche von einer schuldigen«, sagte Tragg.

»Na, und ich von einer unschuldigen.«

»Tja«, meinte Tragg, »ich muß weiter. Wollte nur einmal vorbeischauen und guten Tag sagen.«

»Und mal probieren, ob Sie meine Klientin beim Verlassen des Büros schnappen können«, versetzte Mason.

»Das auch«, gab Tragg zu. »Wir haben den Komplex abgeriegelt, so schnell wir konnten. Aber bei diesem Verkehr ist uns Ihre Klientin wohl durch die Lappen gegangen. Es ist schließlich nicht so leicht, das Kommen und Gehen in einem Bürogebäude zu beobachten und dabei Leute aufzugreifen, die nach einem Klienten Perry Masons aussehen.«

»Ach, so haben Sie das gemacht?«

»Nein, nein«, wiedersprach Tragg. »So dumm sind wir nicht. Wir haben unsere Netze ausgeworfen.«

»Schon was gefangen?«

»Viel zuviel«, antwortete Tragg grinsend. »Die Jungs sortieren gerade. Wahrscheinlich geraten sie an die Falschen und werden furchtbar beschimpft. Das ist eben unser Schicksal. Versucht die Polizei, gründlich zu arbeiten, werden die Bürger böse. Sind wir etwas großzügiger, schreiben sie Leserbriefe an die Zeitungen und fordern eine Säuberung.«

»Ich glaube, ich habe Sie unterschätzt, Tragg«, meinte Mason nachdenklich. »Ich dachte, Sie würden in Windeseile zu Baxter hinausfahren.«

»Oh, das tun wir außerdem«, versicherte Tragg. »Wir sind überall zu gleicher Zeit, müssen Sie wissen. Die Gegend da draußen gehört noch zum Stadtbezirk und fällt daher in unseren Zuständigkeitsbereich, das spornt besonders an. Glauben Sie mir, ich wäre schon früher gekommen, aber ich mußte persönlich eine Reihe Telefonate überwachen. Die Fahrstuhlführer können uns vielleicht eine Menge weiterhelfen. Wir kommen herum, Perry, wir sind nicht von gestern.«

»Davon bin ich überzeugt«, erwiderte Mason nachdenklich.

»Eines würde ich Sie noch gern fragen«, fuhr Tragg fort. »Woher wußte Ihre Klientin von dem Mord?«

»Ich bin mir gar nicht sicher, daß sie es wußte«, wich Mason aus. »Vielleicht hat ihr jemand gesagt, dort läge eine Leiche, und vielleicht hat sie mir das nur wiedererzählt. Vielleicht habe ich ihr daraufhin geraten, auf alle Fälle die Polizei zu verständigen.«

»Das ist natürlich möglich«, meinte Tragg, »aber kaum wahrscheinlich.«

»Wenn meine Klientin den Mann ermordet hätte«, sagte Mason, »dann hätte ich die Polizei nicht verständigt. Ich hätte sie lediglich instruiert, daß sie keine Aussagen zu machen braucht, wenn sie sich damit belastet und mich auf meine Schweigepflicht berufen.«

Tragg runzelte die Stirn. »Unter all diesen Umständen bleibt mir nur der Schluß, daß dort draußen ein Stück Beweismaterial existiert, an dem Sie selbst sich nicht die Finger verbrennen wollen. Aber es ist Ihnen sehr wichtig, daß die Polizei es findet, bevor ihm etwas zustößt. Was könnte das für ein Beweisstück sein?«

»Woher sollte ich das wohl wissen?«

Tragg wandte sich an seinen Kollegen. »Es könnte natürlich die Mordwaffe sein, Jim«, meinte er gedehnt. »Ich glaube, wir haben hier alles erledigt. Los, machen wir uns auf nach Vista del Mesa. Freut mich, daß wir uns mal wiedergesehen haben, Mason.«

»Meinen besten Dank für den netten Besuch.«

»Keine Ursache. Ich komme gern vorbei, wenn ich schon in der Nähe bin.«

Tragg und sein Schatten verließen das Büro.

6

»Inzwischen müßte Tragg eigentlich aus unserer Gegend verschwunden sein«, meinte Mason zu Della Street. »Aber vielleicht läßt er mich beschatten. Andererseits muß ich unbedingt mit Mrs. Felting Grimes sprechen. Holen Sie doch bitte den Wagen und ...«

Mason brach mitten im Satz ab, als das Telefon mehrmals scharf klingelte: ein Warnzeichen, das mit der Telefonistin draußen vereinbart war.

Noch bevor Mason seine Sekretärin bitten konnte, den Hörer abzunehmen, wurde die Tür aufgestoßen. Leutnant Tragg und sein Kollege kamen zurück. Diesmal hatten sie Gwynn Elston in ihrer Mitte.

»Dachte ich mir's doch, daß Sie überrascht sein würden, uns so bald wiederzusehen«, rief Tragg gutgelaunt. »Also, diese junge Dame hier heißt Gwynn Elston. Ob Sie sie wohl identifizieren können?«

Mason zuckte mit keiner Wimper, sein Gesicht erinnerte an eine hölzerne Maske. »Weshalb?« fragte er. »Möchte sie einen Scheck einlösen?«

»Dem Abschnitt in ihrem Scheckbuch zufolge hat sie bereits einen Scheck ausgeschrieben – einen Scheck an Perry Mason, über fünf Dollar. Das war gestern.«

»Sie hatten kein Recht, ihre Tasche ohne Durchsuchungsbefehl zu leeren«, hielt ihm Mason vor.

»Ich weiß«, gab Tragg zu, »aber wir machen alle mal Fehler. Sehen Sie, Perry, es war wirklich sehr wichtig für uns, und ..., na ja, wir werden es natürlich nicht als Beweismittel verwenden.«

»Das ist der springende Punkt«, hakte Mason ein. »Sie unterstellen mir, das Gesetz mißachtet zu haben, und dabei verletzen Sie alle Vorschriften über Festnahme und Durchsuchung und finden gar nichts dabei.«

»Tja, wir arbeiten schließlich im Interesse des Rechts«, meinte Tragg.

»Und woher wollen Sie wissen, daß ich das nicht ebenfalls tue?«

»Darüber können wir uns gelegentlich unterhalten«, antwortete Tragg. »Diese junge Dame hier ist sonderbar verschwiegen; sie will uns nicht erläutern, weshalb Sie Ihnen einen Scheck über fünf Dollar gab, wo sie in der letzten Stunde war und so weiter.«

»Möchten Sie nicht Platz nehmen?« fragte Mason.

Tragg wandte sich an Gwynn Elston. »Bitte, setzen Sie sich«, meinte er nicht unliebenswürdig. »Wir bleiben stehen.«

»Was verschafft mir diesmal die Ehre Ihres Besuches?« erkundigte sich Mason.

»Das ist der Jammer mit euch Geistesgrößen«, begann Tragg. »Sie zum Beispiel, Perry, sind fast schon ein Genie, deshalb denken Sie auch nur genial und brillant. Die gute, alte Routine existiert für Sie gar nicht mehr. Nehmen Sie beispielsweise diese junge Dame. Als Sie ein Verbrechen meldeten, haben wir automatisch und aus Routine ein paar Vorsichtsmaßnahmen getroffen. Wir haben uns mit dem Taxistand vor Ihrem Haus in Verbindung gesetzt und der Taxizentrale über Funk durchgeben lassen, daß jedes Taxi, das innerhalb der letzten Viertelstunde vor Ihrem Haus einen Fahrgast aufnahm, sich sofort bei uns zu melden hat. Dann instruierten wir die Wächter der beiden großen Parkplätze hier unten und ordneten an, daß alle Leute, die innerhalb der letzten Stunde ihre Wagen parkten, bei Rückkehr aufzuhalten seien, besonders die, die es eilig hatten. Das ist natürlich unangenehm für die Betroffenen, zugegeben. Ein armer Teufel hat dadurch sein Flugzeug verpaßt. Aber was soll's? Wir mußten doch sichergehen, nicht wahr? Was glauben Sie, Perry, wie viele sich aufgeregt haben. Auch diese junge Dame hier war dabei. Sie hatte keine plausible Geschichte zur Hand, wo sie herkam. Sie ist ein nettes Mädchen, aber eine miserable Lügnerin. Und plötzlich sagte sie, sie würde keine einzige Frage mehr beantworten, wenn ihr Anwalt nicht dabei sei. Als sie uns ihren Führerschein zeigte, ließ sie ihre Handtasche offen. Bei dieser Gelegenheit haben wir uns ihr Scheckheft angesehen und zwei und zwei zusammengezählt. Auf diese Weise sind wir dann darauf verfallen, daß sie Ihnen von Frankline Gilletts Leiche erzählt haben könnte. Nun möchten wir natürlich gern erfahren, woher sie davon wußte.«

»Haben Sie sie gefragt?« erkundigte sich Mason.

»Schon, aber sie wollte zuerst mit Ihnen sprechen.«

»Sind Sie tatsächlich der Meinung, daß ein Vorschuß von fünf Dollar in einem Mordfall ausreichen würde?«

»Aber nicht doch, Perry«, erwiderte Tragg grinsend. »Der Scheck wurde gestern ausgeschrieben. Gestern konsultierte sie Sie wegen einer Bagatelle, die sich inzwischen zu einem Mordfall ausgewachsen hat. So sehe ich die Sache.«

Mason streifte Gwynn Elston mit einem Blick. Ihre Augen waren eine einzige stumme Bitte.

Fast unmerklich schüttelte Mason den Kopf.

»Nun?« bohrte Tragg. »Wie lautet die Antwort?«

»Miss Elston ist meine Klientin«, erklärte Mason. »Ich möchte unter vier Augen mit ihr sprechen.«

»Ich fürchte, daß läßt sich im Augenblick nicht einrichten«, antwortete Leutnant Tragg. »Sie ist zwar noch nicht offiziell beschuldigt, aber wir wollen sie verhören. Und Hamilton Burger, unser District Attorney, ebenfalls. Wie ich Burger kenne, wäre es ihm gewiß nicht recht, wenn ich Sie mit ihr ohne Zeugen sprechen ließe.«

»Dann ist sie also festgenommen?«

»Das können Sie auffassen, wie Sie wollen. Hören Sie, Perry, uns liegt auch nichts an einem Justizirrtum. Aber eine junge, hübsche Dame verweigert der Polizei jede Auskunft. Das allein ist doch schon verdächtig.«

»Das hat man davon, wenn man mit der Polizei zusammenarbeiten will«, sagte Mason. »Wenn ich mit meinem Anruf eine halbe Stunde gewartet hätte, dann ...«

»Dann hätten Sie Beweismaterial unterschlagen«, vollendete Tragg den Satz. »Oh, Sie sind schon helle, Perry. Sie finden immer ein Schlupfloch. Natürlich konnten Sie Ihrer Klientin alles raten, was ihr nach der Verfassung rechtmäßig zustand, aber Sie als Anwalt hatten gar keine andere Wahl, als uns das Verbrechen sofort zu melden.« Tragg lächelte breit. »Wie ich schon sagte, Perry«, fuhr er fort, »ihr genialen Leute unterschätzt doch manchmal die Wirksamkeit von Routinemethoden.«

. Ohne Tragg zu beachten, wandte sich Mason seiner Klientin zu. »Als Ihr Anwalt, Miss Elston, rate ich Ihnen, keine einzige Frage zu beantworten, bevor ich die Situation nicht restlos durchschaue. Einiges durchschaue ich bereits, und in den nächsten Tagen wird sich das Bild vervollständigen, darauf haben Sie mein Wort. Leutnant Tragg wird sich Ihnen gegenüber sehr väterlich geben. Die Polizei wird Ihnen versichern, daß sie selbstverständlich fair sein und Ihnen, falls Sie unschuldig sind, eine Menge unangenehme Publicity ersparen will. Man wird versprechen, Sie freizulassen, wenn Sie über die letzten vierundzwanzig Stunden Rechenschaft ablegen. In jedem Fall wird man alles versuchen, um Sie zum Reden zu bringen. Schweigen Sie. Sagen Sie kein Wort. Beschränken Sie sich auf die Feststellung, daß ich das Reden für Sie besorge.«

»Tja«, seufzte Tragg, »mehr brauchen wir nicht zu wissen, Perry. Jetzt steht für mich fest, daß sie die Klientin ist, die Ihnen von dem Mord erzählte. Ich fürchte, Sie werden mitkommen müssen, Miss Elston«, fügte er hinzu.

»Mr. Mason«, bat Gwynn, »dürfte ich –«

»Sie dürfen nicht«, fuhr Tragg dazwischen. »Sie sind hiermit unter Mordverdacht festgenommen.«

»Und Sie haben das Recht, jederzeit Ihren Anwalt zu verlangen«, sagte Mason.

»Aber erst, wenn sie offiziell verhaftet ist«, berichtigte Tragg. »Im Augenblick bringen wir sie nur zum Verhör ins Präsidium.«

»Denken Sie immer daran«, sagte Mason nochmals eindringlich, »keinerlei Aussagen zu machen. Gleich, was man Sie fragt, sagen Sie nichts. Nicht einmal, wo Sie wohnen.« Den letzten Satz betonte Mason besonders.

Leutnant Tragg hielt Gwynn die Tür auf und winkte dem anderen Kriminalbeamten. »Gehen wir«, sagte er. »Wir nehmen Sie mit. Einem so hübschen Mädchen tue ich das ja ungern an, aber wenn Sie uns partout nicht helfen wollen, werden wir Sie wohl eine ganze Weile behalten müssen.«

»Sagen Sie ihnen nicht einmal, wie spät es ist, Miss Elston«, warnte Mason nochmals. »Sie sind in Ihren Rechten verletzt worden. Man hat Ihre Tasche widerrechtlich durchsucht.«

Tragg grinste über die Schulter zurück. »Wir haben ja jetzt den Verdacht auf Verdunklungsgefahr, Perry«, rief er und verließ das Büro.

Als sie wieder allein waren, bat Mason Della Street: »Gehen Sie hinunter und holen Sie meinen Wagen. Lassen Sie den Motor an, aber warten Sie noch zehn Minuten am Parkplatz. Dann erst fahren Sie zu unserem Hauseingang.«

»Und wenn ich keinen Platz zum Halten finde?«

»Sie brauchen keinen«, antwortete Mason. »Ich warte auf Sie und springe auf.«

»Fahren wir zu Felting Grimes?« fragte Della.

»Genau. Das ist die einzige Spur, von der die Polizei noch nichts weiß. Und das müssen wir ausnutzen.«

»Aber sie werden schon noch darauf kommen.«

»Sicher werden sie das«, antwortete Mason. »Aber mittlerweile habe ich hoffentlich durch ein Gespräch mit Nell Grimes wieder eine neue Spur gefunden, so daß wir der Polizei abermals einen Schritt voraus sind. Und jetzt vergleichen wir die Uhren, Della. In genau zehn Minuten bin ich unten.«

7

Vor dem Haus mit der Nummer 367 auf dem Mandala Drive hielt Della an.

»Keinerlei Notizen«, sagte Mason, als er ihr aus dem Wagen half.

Sie nickte, während sie sich den Rock über die langen, schlanken Beine zog. »In Ordnung, Chef.«

Sie gingen den zementierten Weg hinauf.

»Wieviel werden Sie ihr sagen?« fragte Della leise.

»Ich weiß es noch nicht«, antwortete Mason und läutete. »Ich muß abwarten, wie sich die Sache entwickelt.«

Nell Grimes öffnete.

»Guten Morgen«, sagte der Anwalt, »mein Name ist Mason. Das ist Miss Street, meine Sekretärin. Ich bin Rechtsanwalt. Wir hätten uns gern einen Augenblick mit Ihnen unterhalten, wenn es Ihnen recht ist.«

»Perry Mason!« rief sie aus und bekam große Augen.

»Stimmt.«

»Wie herrlich«, sagte sie. »Ich habe jeden Ihrer Prozesse in den Zeitungen verfolgt. Bitte, kommen Sie doch herein.«

»Ich habe Ihnen ein paar Fragen zu stellen«, begann Mason, als sie im Wohnzimmer saßen. »Und ich fürchte, Sie müssen Vertrauen zu mir haben.«

»Aber ja, bitte, fragen Sie, was Sie wollen. Ich helfe gern, wenn ich nur kann.«

»Meine Fragen beziehen sich teilweise auf Gwynn Elston.«

»Gwynn? Aber um Himmels willen«, fragte Mrs. Grimes, »was hat Gwynn denn angestellt?«

»Ich glaube, Miss Elston wohnt bei Ihnen, nicht wahr?«

»Ja, sie hat ein Zimmer und bekommt Frühstück. Manchmal lade ich sie auch zum Abendessen ein, aber unsere finanzielle Abmachung beschränkt sich auf Zimmer mit Frühstück.«

»Sie verkauft Bücher, glaube ich?«

»Ja.«

»Wissen Sie, wo sie gestern abend war?«

»Gestern abend?« wiederholte Nell Grimes und zog die Stirn in Falten. »Ja, gestern abend hatte sie irgend etwas ganz Mysteriöses vor.«

»Erzählte sie Ihnen, daß sie von einem Polizeibeamten aufgehalten worden sei?«

»Ja, das hat sie gesagt. Der Mann habe ihr einen Revolver in den Schoß geworfen, damit sie sich verteidigen könnte, falls er ..., nun ja, falls er frech würde.«

»Und? Haben Sie ihr diese Geschichte geglaubt, Mrs. Grimes?«

»Ganz und gar nicht.«

»Sie kennen Miss Elston sehr gut?«

»Ja, seit vielen Jahren ist sie meine beste Freundin.«

»Hat sie Sie früher manchmal belogen?«

»Nun, manchmal muß jeder schwindeln. Ich habe das auch schon getan. Diesmal ist es aber etwas anderes.«

»Hat sie Ihnen den Revolver gezeigt?«

»Ja.«

»Hat sie dabei auch die Trommel aufgeklappt?«

»Ja.«

»Ist Ihnen dabei irgend etwas aufgefallen?«

»Meine Güte, ich kenne mich mit Schußwaffen nicht aus. Ich wüßte gar nicht, was einem da auffallen könnte. Gwynn versteht schon mehr davon. Ich weiß nur, was sie mir erzählt hat.«

»Und was war das?«

»Gwynn meinte, es sei eine leere Hülse im Zylinder. Ich habe eine gesehen, die in der Mitte so eine Vertiefung hatte, und das bedeutet wohl, daß sie abgefeuert worden ist, nicht? Mehr weiß ich auch nicht, abgesehen von ihrer Geschichte mit dem Mann, der ihr den Revolver gab, dann verschwand und sie damit sitzenließ.«

»Aber Sie glaubten Gwynn nicht?«

Nell Grimes schüttelte den Kopf. »Ich will Sie nicht anlügen, Mr. Mason. Nein, ich habe Gwynns Geschichte nicht geglaubt.«

»Ist Ihnen jemals in den Sinn gekommen, daß mit dieser Waffe vielleicht ein Verbrechen verübt wurde und daß der Täter sie auf diese Art loszuwerden versuchte?«

Sie überlegte einen Augenblick. »Nein, daran habe ich noch nicht gedacht. Um ehrlich zu sein, Mr. Mason, ich war eher der Meinung, daß Gwynn selbst in irgendeiner Patsche steckt und nun versucht, mir die Wahrheit durch diese Geschichte mit dem Polizisten zu verheimlichen.«

»Haben Sie Zweifel laut werden lassen?«

»Aber sicher. Gwynn kennt mich genau. Sie mußte merken, daß ich ihr nicht eine Minute geglaubt habe.«

»Haben Sie eine Ahnung, woher sie den Revolver wirklich hatte?«

Sie schüttelte den Kopf.

»Wissen Sie, wo Miss Elston steckt?«

»Nein, ich habe sie seit heute morgen nicht mehr gesehen. Es hat jemand für sie angerufen, eine Dame mit einer sehr netten Stimme, aber sie wollte ihre Nummer nicht hinterlassen.«

»Wissen Sie, wo der Revolver jetzt ist?«

»Gwynn hat ihn mitgenommen.«

»Ist Ihr Mann zu Hause?«

»Nein, er ist auf einer Geschäftsreise. Manchmal bleibt Felting zwei oder drei Wochen hintereinander weg. Er muß oft verreisen.«

»Fliegt Ihr Mann gewöhnlich?«

»Meistens, manchmal fährt er aber auch mit dem Wagen. Ich habe ein eigenes Auto.«

»Wo steht der Wagen Ihres Mannes jetzt?« fragte Mason.

»Am Flughafen, nehme ich an. Er fuhr gestern morgen los. Sagen Sie, weshalb fragen Sie mich das alles?«

»Ich versuche, soviel wie möglich über Gwynn Elston in Erfahrung zu bringen.«

»Aber was hat mein Mann damit zu tun?«

»Offensichtlich nichts.«

»Es gibt noch etwas, Mr. Mason, aber ich weiß nicht recht, ob ich es Ihnen sagen soll.«

»Was ist es?«

»Nun ja, Gwynn ging gestern an unsere Hausapotheke und nahm ein paar Strychnintabletten heraus. Weiß der Himmel, was sie damit wollte.«

»Was?« fragte Mason erstaunt, »Sie bewahren Strychnin in der Hausapotheke auf?«

»Ja. Wir haben keine Kinder, und ich brauchte es einmal, um Köder für die Ratten zu vergiften.«

»Und Gwynn wußte davon?«

»Ja.«

»Wann, sagen Sie, hat sie die Tabletten genommen?«

»Gestern früh. Da habe ich sie jedenfalls in ihrem Zimmer gefunden.«

»Wo genau?«

»Auf dem Schreibtisch.«

»Haben Sie sie deshalb nicht zur Rede gestellt?«

»Nein, ich habe die Tabletten in die Apotheke zurückgelegt und mir vorgenommen, sie deshalb zu fragen. Aber ich vergaß es dann wieder. Gwynn benahm sich – wie soll ich sagen –, nun ja, eben nicht normal. Sie log mich an. Ich bin fast überzeugt, daß sie und mein Mann eine kleine Affäre miteinander haben. Ich will mich nicht zum Richter aufwerfen. Gwynn ist sehr attraktiv und war schon immer darauf aus, es auch zu zeigen. Sie liebt enge Pullover, kurze Röcke und – und die meiste Zeit liegt sie halb angezogen herum. Felt bemerkt solche Dinge natürlich. Das tun schließlich alle Männer.«

»Hören Sie zu, Mrs. Grimes«, sagte Mason. »Ich will offen mit Ihnen sein. Gwynn ist in einer heiklen Lage.«

»Wieso?«

»Das kann ich im Moment noch nicht übersehen«, wich Mason aus. »Die Polizei hat sie jedenfalls festgenommen. Ich brauche Ihre Hilfe.«

»Aber wie kann ich Ihnen helfen? Ich erzähle Ihnen die Wahrheit, weiter nichts; können Sie mir nicht mehr verraten? Was will die Polizei von Gwynn, Mr. Mason?«

»Ich brauche jede Information über gestern abend, die Sie mir nur geben können«, erwiderte Mason. »Ich muß Gwynns Vergangenheit kennen, bevor die Polizei hier eintrifft.«

»Hier? Die Polizei?«

»Jawohl«, antwortete Mason. »Man wird Sie verhören. Die Beamten können jeden Augenblick kommen.«

»Aber was soll ich tun?«

»Ich möchte, daß Sie von hier verschwinden.«

»Fliehen?«

»Nein, das nicht. Sie sollen sich einfach in Ihr Auto setzen und losfahren. Ich begleite Sie. Dann können Sie mir im Wagen alles erzählen. Meine Sekretärin wird hinter uns herfahren.«

»Wohin wollen Sie denn?«

»Ins Blaue. Wir fahren einfach spazieren, damit wir hier weg sind, uns aber weiter unterhalten können.«

Sie schien mit sich zu ringen. »Na schön, Mr. Mason«, meinte sie schließlich. »Ich würde Gwynn nie im Stich lassen. Selbst lügen würde ich für sie, wenn's sein muß. Einen Meineid schwören werde ich allerdings nicht. Aber sonst tue ich alles, wenn ich ihr nur helfen kann.«

Mason stand sofort auf. »Fahren wir«, sagte er. »Die Polizei kann jeden Augenblick auftauchen.«

Mrs. Grimes ging durch die Hintertür voran zur Garage. »Ich stoße rückwärts hinaus«, sagte sie. »Ihre Sekretärin fährt uns also nach?«

»Ja, sie bleibt hinter uns.«

»Welche Richtung soll ich einschlagen?«

»Das ist gleich. Hauptsache, es ist nicht viel Verkehr, und wir können uns unterhalten.«

Mrs. Grimes bog in die Straße ein und fuhr den Mandala Drive hinunter.

Della Street folgte etwa dreißig Meter hinter ihr.

»Ich würde Sie bitten, mir über die Geschäfte Ihres Mannes soviel wie möglich zu berichten«, nahm Mason das Gespräch wieder auf.

»Davon weiß ich leider nicht viel. Nur, daß er seine Finger in verschiedenen Unternehmungen hat. Aber sagen Sie, was hat das denn mit Gwynn zu tun?«

Ohne auf ihre Frage einzugehen, fragte Mason: »Geben Sie mit Ihrem Mann eine gemeinsame Steuererklärung ab?«

»Nein. Er macht alles allein, ich habe von solchen Dingen keine Ahnung.«

Mason runzelte die Stirn. »Ist das nicht recht ungewöhnlich?«

»Das müssen Sie beurteilen. Sie als Anwalt wissen über solche Dinge eher Bescheid. Ich bin schließlich zum erstenmal verheiratet.«

»Kennen Sie George Belding Baxter?« fragte Mason.

»Baxter ... Baxter ...«, wiederholte sie. »Ich habe den Namen schon gehört, aber ich kann mich wirklich nicht erinnern, wer Baxter war.«

»Wissen Sie, ob Ihr Mann geschäftlich mit ihm zu tun hat?«

»Leider nein.«

»Wissen Sie, wie die Leute heißen, die Gwynn Elston gestern abend besuchte?«

»Ja, sie heißen Gillett und wohnen irgendwo draußen am Tribly Way. Das ist bei Vista del Mesa. Hat Ihnen Gwynn das nicht gesagt?«

»Unglücklicherweise haben sich die Ereignisse überstürzt und ...«

»Mr. Mason«, unterbrach sie ihn, »ich möchte jetzt Bescheid wissen. Ich werde nicht blindlings weitere Fragen beantworten. Sehen Sie, ich fürchte, mein Mann hat sich mit ihr eingelassen und – sagen Sie, wurden die beiden in irgendeinem Motel aufgegriffen?«

»Wenn Sie einen derartigen Verdacht hegen«, wich Mason aus, »weshalb haben Sie dann Gwynn nicht auf die Straße gesetzt?«

»Das wäre doch keine Lösung gewesen. So behandelt man einen Ehemann nicht. Man kann ihm ja doch nicht alle Versuchungen aus dem Wege räumen.«

»Aber Sie brauchten sie nicht ausgerechnet unter Ihrem Dach zu dulden.«

»Ach, wissen Sie, Gwynn flirtet vielleicht mit ihm, aber ich traue ihr einfach nicht zu, daß sie ihn mir ernsthaft wegnehmen will.«

»Sieht Ihr Mann gern anderen Frauen nach? Ich meine, wissen Sie, ob er Seitensprünge gemacht hat?«

»Hören Sie zu. Mr. Mason, ein Mann kann noch so vertrauenswürdig sein, aber wenn irgendein smartes Mädchen hergeht und ihm schöne Augen macht, dann glaubt jeder, er sei der große Held und ...«

Sie unterbrach sich und stellte das Radio an.

»Weshalb tun Sie das?« wollte Mason wissen.

»Weil um diese Zeit die Regionalnachrichten kommen. Die höre ich mir immer gern an. Und jetzt, Mr. Mason, werde ich Ihnen etwas anvertrauen, was ich noch keinem Menschen gesagt habe. Aber ich drehe Ihnen den Hals um, wenn Sie es weitererzählen. Ich weiß, daß es im Leben meines Mannes eine andere Frau gibt. Bis vor kurzem kam ich nie auf die Idee, daß es sich um Gwynn handeln könnte.«

»Woher wollen Sie wissen, daß er eine andere Frau liebt?« fragte Mason.

»Ach, das merkt man an Kleinigkeiten. Zum Beispiel ..., aber nein, darüber will ich nicht sprechen. Ich weiß nur, daß es eine andere für ihn gibt. Und das seit langer Zeit.«

Der Rundfunksprecher gab noch einen Werbeslogan durch, danach folgten die Wettervorhersage und die Nachrichten.

»Wie wir soeben erfahren«, begann der Nachrichtensprecher, »wurde auf dem Grundstück des bekannten Millionärs George Belding Baxter die Leiche eines Mannes gefunden, der vorerst als Frankline Gillett identifiziert wurde. Die Leiche lag auf dem Rücken im Gebüsch neben der Auffahrt. Das Opfer ist durch einen Herzschuß aus einem Revolver vom Kaliber .38 getötet worden. Die Polizei setzt die Todeszeit zwischen einundzwanzig Uhr und Mitternacht fest. Der Tote trug einen Führerschein und Papiere bei sich, die auf den Namen Frankline Gillett ausgestellt waren. Die Anschrift des Verstorbenen lautet Trebly Way, Vista del Mesa. Kurze Zeit nach Auffinden der Leiche stellte die Polizei einen Wagen sicher, der neben dem Swimmingpool auf dem Baxter-Anwesen parkte. Das Fahrzeug ist auf den Namen Felting Grimes, Mandala Drive, zugelassen. Ein Vergleich der Daumenabdrücke auf den Ausweisen im Handschuhfach dieses Wagens ergab, daß die Abdrücke des ermordeten Frankline Gillett mit denen von Felting Grimes identisch sind. Die Polizei sucht jetzt ...«

Der Rest ging im Kreischen der Reifen unter, als Nell Grimes so plötzlich auf die Bremse trat, daß Mason beinahe mit dem Kopf gegen die Windschutzscheibe gestoßen wäre. Der Wagen kam schlitternd zum Stehen. Mason sah sich nervös um und bemerkte, daß Della Street einen Auffahrunfall nur mit knapper Not hatte vermeiden können.

Nell Grimes starrte Mason mit entsetzten Augen an. Ihr Gesicht wurde schlaff, ihre Hände sanken vom Steuer herab.

Plötzlich schrie sie auf: »Das ist es also! Sie hat meinen Mann umgebracht! Hören Sie, Perry Mason, sie hat ihn umgebracht, und Sie versuchen auch noch, mich auf Ihre Seite zu ziehen.«

Ihre Stimme wurde immer hysterischer. »Ja, das hat sie getan! Meinen Felt hat sie umgebracht! Los, verschwinden Sie und kommen Sie mir nicht mehr unter die Augen! Jetzt weiß ich, was geschehen ist. Ich ..., diese Hexe hat den Revolver genommen. Sie hat es seit langem geplant ..., wahrscheinlich hat sie noch geglaubt, mich dadurch zu schützen. Steigen Sie aus! Machen Sie bloß, daß Sie hier rauskommen – raus, raus!«

»Immer langsam, Mrs. Grimes, beruhigen Sie sich doch«, sagte Mason. »Ich kann Ihnen alles erklären, wenn Sie mir nur zuhören wollten.«

Sie wirbelte auf dem Sitz herum, zog die Beine unter dem Steuer hervor und wollte ihn mit ihren hohen Absätzen ins Gesicht treten. »Raus!« kreischte sie. »Machen Sie, daß Sie rauskommen! Ich bringe Sie um, Sie ..., Sie wollen mich dazu bringen, daß ich meinen eigenen Mann verleumde. Verschwinden Sie!«

Vor Masons Augen blitzten Metallabsätze. Er bekam ein paar Fußtritte in den Rücken, als er schleunigst die Tür aufriß und aus dem Wagen sprang.

»Mrs. Grimes, Sie sind ja hysterisch«, konstatierte er. »Sie sehen alles falsch. Wenn Sie sich nur einen Moment beruhigen wollten ...«

Wieder fuhr sie herum, warf den Gang ein und brauste davon. Mason stand da und sah ihr nach.

Langsam rollte Della Street heran. »Wollen Sie zufällig in meine Richtung?«

Mason war noch sprachlos.

»Hübsche Beine«, meinte Della. »Sagen Sie nur, Sie hätten sie nicht bemerkt.«

»Hübsch gefährlich«, antwortete Mason.

»Es sieht so aus, als hätte sie sich schon öfter damit zur Wehr gesetzt«, lachte Della. »Sie schien tatsächlich Übung zu haben. Was haben Sie ihr bloß gesagt, daß sie so in Rage kam?«

»Ich, gar nichts«, erwiderte Mason. »Der Rundfunksprecher war es. Sie brachten in den Nachrichten, daß der ermordete Frankline Gillett und Felting Grimes ein und dieselbe Person sind.«

»Und?«

»Und nach Mrs. Grimes Meinung hatte ich gerade versucht, günstige Aussagen für die Mörderin ihres Mannes aus ihr herauszulocken.«

»Also verfiel sie gleich auf Gwynn?«

»Schon lange hatte sie Gwynn im Verdacht, ein Techtelmechtel mit ihrem Mann zu unterhalten.«

»Herrje, wenn ich daran denke, wie die Sie hätte zurichten können«, stöhnte Della. »Ach, hätte ich doch nur meine Kamera gehabt, es wäre eine prächtige Aufnahme geworden.«

Mason setzte sich in den Wagen.

»Was jetzt?« fragte Della.

»Jetzt fahren wir hinaus und sehen uns das Anwesen von George Belding Baxter an.«

»Ist Paul Drake schon draußen?«

»Paul Drake ist draußen, und Leutnant Tragg hat sicherlich Anweisung gegeben, Drake auch wirklich draußen zu lassen. Er wird weder dem Tatort nahe kommen noch irgendwelches Beweismaterial finden, das irgend jemand irgendwie von Nutzen sein könnte.«

8

Auf der Straße vor dem Tor zu Baxters Anwesen parkten mindestens zwölf Wagen.

Mason fand Paul Drake gegen das schmiedeeiserne Gitter gelehnt, eine Zigarette rauchend.

»Wo sind die Leute alle?« fragte Mason.

»Die Journalisten mit Presseausweis durften hinein«, antwortete der Detektiv. »Und auch eine Menge anderer Leute. Nur wir nicht.«

»Wer sagt das?«

Drake deutete auf einen Uniformierten am Tor. »Der da.«

»Los, gehen wir«, befahl Mason.

Der Anwalt, Della Street und Paul Drake näherten sich dem Beamten. »Lassen Sie uns bitte durch«, sagte Mason.

»Haben Sie einen Passierschein, einen Presseausweis oder sonst etwas?«

»Ich habe meine Geschäftskarte«, erwiderte Mason. »Mein Name ist Perry Mason. Ich bin der Anwalt, der Gwynn Elston vertritt, die wegen dieses Mordes hier verhört wird.«

»Besorgen Sie sich den entsprechenden Ausweis, dann lasse ich Sie passieren.«

»Und wo bekomme ich den?«

»Kommt drauf an. Manche stellt Leutnant Tragg von der Mordkommission aus, manche auch der Sheriff. Presseausweis reicht auch, damit dürfen Sie hinein; das heißt, nicht ins Haus, aber auf das Grundstück.«

»Wie nett«, meinte Mason. »Stehen Sie in Verbindung zum Haus?«

»Was meinen Sie damit?«

»Ist Leutnant Tragg jetzt dort?«

»Darüber darf ich keine Auskunft geben.«

»Aber ich will ihn sprechen.«

»Das wollen viele.«

»Begreife doch, Perry«, mischte sich Drake ein, »wir sind die ausgeschlossene Öffentlichkeit, die Parias.«

»Verstehe«, meinte Mason.

Der Anwalt zog ein Zigarettenetui aus gehämmertem Silber hervor und hielt es dem Polizisten hin: »Möchten Sie eine?«

Der Mann schüttelte den Kopf.

Mason bot Della eine an, aber sie lehnte ebenfalls ab. Paul Drake bediente sich. Mason gab ihm Feuer, zündete sich selbst eine Zigarette an, schloß das Etui und warf es angelegentlich über den schmiedeeisernen Zaun. Es fiel ins Gebüsch.

»He, was, zum Teufel, soll das?« rief der Polizist.

»Was ist denn?« fragte Mason harmlos.

»Sie dürfen da nichts hinüberwerfen.«

»Gibt es ein Gesetz dagegen?«

»Klar gibt's Gesetze, daß man keinen Abfall in anderer Leute Gärten werfen darf.«

»Na, hören Sie mal«, beschwerte sich Mason, »das war doch kein Abfall, sondern ein sehr wertvolles Zigarettenetui. Sehen Sie sich nur das Feuerzeug dazu an. Auch das war sehr teuer.« Und damit warf er das Feuerzeug dem Etui nach. »Tja, Paul«, sagte er. »Dann gehen wir lieber.«

»He, warten Sie mal«, rief der Polizist wütend. »Was soll das heißen? Was bezwecken Sie damit?«

»Nichts«, erklärte Mason seelenruhig. »Ich habe meinen Zweck bereits erreicht.«

»Sie dürfen hier doch kein Beweismaterial einschmuggeln.«

»Beweismaterial? Wofür?«

»Was weiß denn ich?« antwortete der Polizist aufgebracht.

»Ja, was wissen Sie schon«, meinte Mason lächelnd.

Der Beamte ging zu einem Funkstreifenwagen und nahm das Sprechfunkgerät zur Hand. Erregt sprach er einige Minuten hinein und lauschte dann. Schließlich legte er wieder auf, und kam zurück. Er starrte Mason wütend an. »Sie sagen, Sie seien Rechtsanwalt Perry Mason?«

»Stimmt.« Der Anwalt gähnte gelangweilt, nahm noch einen Zug an der Zigarette, gab Drake einen verstohlenen Wink, und meinte: »Komm, Paul, gehen wir.«

»Sie bleiben hier«, knurrte der Polizist.

»Wie bitte? Wollen Sie damit sagen, daß ich nicht gehen kann, wann es mir paßt?«

»Sie sollen eine Minute warten.«

»Weshalb? Wollen Sie mich doch hineinlassen?«

»Nein.«

»Na also. Dann brauche ich auch nicht zu warten«, meinte Mason. »Wir gehen.«

»Ich habe gesagt, Sie sollen warten«, schnaubte der Beamte. »Leutnant Tragg will Sie sprechen.«

»Als ich mit ihm reden wollte, haben Sie mir erklärt, das wollten viele. Jetzt behaupten Sie, er möchte mich sprechen. Nur zu Ihrer Information, mein Lieber: Das wollen auch viele.«

»Werden Sie mir nicht frech. Sie haben schließlich Beweismaterial eingeschmuggelt.«

»Beweismaterial, wofür?«

»Na ja, Sie haben Gegenstände über den Zaun geworfen.«

»Da muß ich Ihnen recht geben«, antwortete Mason. »Und ich würde auch gern hineingehen und mir mein Eigentum wiederholen.«

Der Beamte sah sich unsicher um.

Einen Augenblick später kam Leutnant Tragg in Begleitung eines Kriminalbeamten die Auffahrt hinuntergeschlendert.

»Na, so was«, rief er. »Eine ganze Versammlung. Miss Street, Perry Mason und auch noch Paul Drake.« Dann wandte er sich an den Polizisten: »Also, was ist hier los?«

»Dieser Kerl da«, antwortete der Polizist und deutete auf Mason, »nimmt einfach ein Zigarettenetui aus der Tasche, bietet Zigaretten an und wirft es dann über den Zaun ins Gebüsch. Und als ich mir das verbitte, wirft er auch noch sein Feuerzeug hinterher.«

Tragg bekam schmale Augen. »Sie haben ihn die ganze Zeit über im Auge behalten?«

»Ja.«

»Und mehr als diese beiden Sachen hat er nicht hinübergeworfen?«

»Nein.«

»Und was ist mit ihm da?« fragte Tragg und deutete auf Paul Drake.

»Der lungert schon seit einer Stunde hier herum.«

»Was hat er getan?«

»Nichts, nur herumgestanden.«

»Etwa in der Nähe des Zauns?«

»Ja, er lehnte sich dagegen und rauchte ...«

»Rauchte und schmuggelte Beweismaterial ein«, unterbrach ihn Tragg ärgerlich. »Er ist doch derjenige, der uns Beweismaterial untergeschoben hat. Na, nun wollen wir mal sehen, was das wieder zu bedeuten hat. Was Mason tat, war lediglich eine Finte. Sie hätten diesen Drake nicht an den Zaun lassen dürfen.«

»Aber Sie haben angeordnet, daß niemand hineindarf. Und er war nicht drin.«

»Denken Sie doch mal nach«, schimpfte Tragg. »Jeder kann sich gegen den Zaun lehnen, die Hand hinter den Rücken halten, und irgend etwas durchstecken, wenn Sie nicht hinsehen.«

»Was denn?«

»Woher, zum Donnerwetter, soll ich das wissen!« bellte Tragg. »Aber ich werde es herauskriegen. Also, wohin hat Mason die Sachen geworfen?«

»Gleich da hinüber. Ich habe es noch aufblitzen sehen. Sie müssen hier herumgehen, dann sehen Sie es ... dort.«

Tragg wandte sich an den anderen Kriminalbeamten: »Gut, Dick, geh hinein, wir werden dich dirigieren. Bei der Gelegenheit schau dich gleich um.«

Tragg blieb nachdenklich vor Perry Mason stehen.

Der Polizist vor dem Tor sagte: »Etwas mehr nach rechts ..., noch ein Stück zurück, noch etwas mehr rechts ..., da, jetzt stehen Sie genau darüber ...«

»Ich habe das Feuerzeug«, meldete der Kriminalbeamte.

»Das Etui muß etwas weiter hinten rechts liegen«, rief der Uniformierte. »Ich habe gesehen, wie es zuerst einen der drei Äste dort traf und dann hinunterfiel. Es ...«

»Ich hab' es schon«, rief der Mann. »Hier ist es, und ...«

»All right, und was noch?« fragte Tragg, als der Beamte plötzlich verstummte.

»Einen Revolver, Leutnant.«

»Dachte ich mir's doch«, sagte Tragg. »Deswegen also das ganze Affentheater. Drake hat die Waffe hineinpraktiziert, und Mason wollte sichergehen, daß wir sie auch finden.«

»Das ist aber eine schwerwiegende Beschuldigung, die Sie da gegen einen gut beleumundeten Privatdetektiv erheben, Leutnant Tragg«, sagte Mason.

Tragg überlegte einen Moment. »Na schön«, meinte er, »dann habe ich eben nur laut gedacht. Vergessen Sie es bitte.« Er drehte sich wieder um. »Dick«, rief er, »steck einen Bleistift in den Lauf und bring den Revolver her. Ich will ihn mir ansehen.«

Der Kriminalbeamte kam aus dem dichten Gebüsch hervorgekrochen und hielt einen Revolver vom Kaliber .38 hoch.

»Was sagt man dazu?« rief Tragg und nahm dem anderen den Bleistift mit der Waffe ab. »Mal sehen, was die Jungs im Labor dazu meinen. Vielleicht läßt sich diese Waffe hier mit der Person in Zusammenhang bringen, die sie uns untergeschoben hat.«

»Und mein Etui und mein Feuerzeug?« fragte Mason. »Bekomme ich die zurück?«

Tragg grinste den Anwalt an. »Nein, vorläufig nicht. Und wenn Sie sie wiederbekommen, werden Sie meine Initialen darauf eingekratzt finden. Die Sachen sind nämlich jetzt Beweismaterial geworden, Perry.«

»Und was rauche ich inzwischen?«

»Ach, wissen Sie, für uns Polizisten reicht ein gewöhnliches Päckchen Zigaretten mit einem Brief Streichhölzer aus«, antwortete Tragg. »Und jetzt werden wir das Grundstück mit einen Strick so absperren, daß niemand mehr an den Zaun heran kann.«

»Sie schließen den Stall ab, wenn das Pferd gestohlen ist«, stellte Mason ironisch fest.

»Irrtum. Wir wollen die Beweisstücke nur nicht schockweise scheffeln. Okay, Dick, sorgen Sie dafür, daß niemand in die Nähe des Zaunes kommt. Wir brauchen keine Gaffer.«

»Das war unser Stichwort, Della«, sagte Mason.

»Wie schnell Sie doch manchmal einen Wink verstehen, Perry«, meinte Tragg lächelnd. »Wenn ich doch nur wüßte, weshalb Sie unbedingt wollten, daß wir den Revolver finden. Und woher Ihnen bekannt war, daß die Waffe dort lag.«

Mason wandte sich an Paul Drake. »Das kommt davon, wenn man zur Polizei geht, Paul. Man wird zynisch und skeptisch. Ich werfe ein Zigarettenetui, und es kommt als Revolver wieder.«

»Eines verspreche ich Ihnen«, sagte Tragg, »wir werden den Weg dieses Revolvers von der Fabrik bis zu diesem Grundstück zurückverfolgen. Und wenn er in irgendeiner Weise mit Ihnen in Verbindung steht, bekommen Sie es zu spüren.«

»Ist es strafbar, einen Revolver auf ein Privatgrundstück zu werfen?« erkundigte sich Mason.

»Mit Beweismaterial zu jonglieren, das ist strafbar.«

»Aber, aber, Leutnant«, tadelte Mason, »lesen Sie doch lieber noch einmal im Gesetz nach. Was heißt in diesem Fall jonglieren? Und woher wollen Sie wissen, daß es sich tatsächlich um Beweismaterial handelt?«

Statt einer Antwort zeigte Tragg mit dem Daumen auf die Wagen, die draußen standen. »Verschwinden Sie. Hier haben Sie nichts mehr verloren.«

Mason lächelte. »Nach Lage der Dinge werde ich mir ein paar Zigaretten kaufen gehen. Kommen Sie, Della. Paul, du auch. Wir laden dich zum Essen ein.«

9

Um kurz nach vier – Mason und Della Street waren wieder im Büro – tauchte Drake mit einer prallgefüllten Aktentasche bei ihnen auf.

Mason, der unentwegt auf und ab gelaufen war, blieb stehen, als Drake ein Bündel Karteikarten auf den Schreibtisch warf. »Hör zu, Perry«, sagte der Detektiv, »wir versuchen, der Polizei einen Schritt vorauszubleiben, aber es ist 'ne Menge Arbeit.«

»Was heißt ›einen Schritt voraus‹?« fragte Mason. »Inzwischen haben sie uns eingeholt.«

»Nein, haben sie nicht«, widersprach Drake. »Ich hatte nämlich Glück.«

»Schieß los.«

»Ich wollte feststellen, ob Gillett oder Grimes der richtige Name des Ermordeten war«, begann Drake. »Daher habe ich mich für die Geburtsurkunden interessiert. Ein Schritt, den die Polizei bisher versäumt hat. Paß auf: Für Felting Grimes existiert gar keine, wohl aber für Frankline Gillett. Ich will mich jetzt nicht in Einzelheiten verlieren, sondern nur das Wesentliche berichten, weil einiges davon ziemlich wichtig werden kann.«

Mason nickte.

»Frankline Gilletts Vater hieß Gorman Gillett. Ich schätze, der Vater ist verschwunden, als Frankline noch klein war. Die Mutter hat sich jedenfalls scheiden lassen und ist dann später gestorben. Niemand weiß, was aus Gorman Gillett geworden ist. Und jetzt kommt das Komische, Perry. Gorman ist doch ein sehr ungewöhnlicher Name, nicht? Ich ließ die in Frage kommenden Statistiken prüfen und setzte meine Leute auf alle möglichen Spuren an. Einer von ihnen hat eine Berghütte oben in Pine Haven. Das ist ein kleines Gebirgsnest in der Nähe des Walker-Passes. Der Mann erzählte mir, daß sich da oben ein Bursche namens Gorman Gillett herumtrieb, der wie ein Eremit lebte. Er war ...«

»War?« unterbrach ihn Mason.

»Ja. Nachforschungen haben ergeben, daß der Mann vor drei Tagen gestorben ist. Der Coroner und der Leichenbestatter haben keine Verwandten ermitteln können. Sie hoffen, daß noch jemand auftaucht und die Beerdigung für Gorman Gillett bezahlt. Wie ich schon sagte, Gorman ist ein seltener Name. Es besteht also die Chance, daß ..., ich meine, das Alter und die Umstände würden genau passen.«

Mason runzelte die Stirn. »Wie gut kannte dein Mitarbeiter diesen Mann?«

»Nicht allzugut. Der Bursche war ein Sonderling. Er ließ sich ziemlich gehen, trug immer alte Klamotten und rasierte sich nie. Auch seine Haare hatten lange keinen Friseur gesehen. Kein Mensch wußte, wovon er lebte.«

»Und keine Verwandten, sagst du?«

»Nein.«

»Was hast du sonst noch auf Lager, Paul?«

»Eine Menge Routinesachen, zum Beispiel ein Foto von Frankline Gillett.«

»Was ist mit Mrs. Grimes?«

»Oh, die ist schnurstracks zur Polizei gelaufen, als sie von dir wegfuhr. Sie hat behauptet, du hättest sie zum Untertauchen überreden wollen und solchen Quatsch. Ich fürchte, dein Name wird wieder einmal fettgedruckt in den Zeitungen stehen.«

»Hast du eine Kopie der Führerscheine?«

»Ja. Frankline Gillett war einsdreiundachtzig groß, wog hundertfünfundachtzig Pfund, war zweiunddreißig Jahre alt, hatte braunes Haar und braune Augen. Ich habe einen Abzug seines Fotos von den Zeitungsleuten bekommen, aber es wird schon in den nächsten Stunden in sämtlichen Boulevardzeitungen erscheinen.«

»Und was ist mit dem Wagen, der mit einer Reifenpanne vor Baxters Grundstück stand?« fragte Mason.

»Den gibt es gar nicht«, erwiderte Drake. »Damit mußt du dich abfinden.«

»Weshalb?«

»Weil nie ein solcher Wagen dort stand.«

»Er muß aber da gestanden haben«, beharrte Mason,

Drake schüttelte den Kopf. »Jedenfalls keiner mit einer Panne.«

»Woher willst du das wissen?«

»Wir haben alle Garagen und Tankstellen in diesem Gebiet unter die Lupe genommen und überall negative Auskünfte bekommen«, antwortete der Detektiv. »Ich habe meine Männer auch zu der Tankstelle geschickt, die du mir geschildert hast. Es besteht kein Zweifel, daß eine junge Dame, auf die deine Beschreibung von Miss Elston paßt, dort vorfuhr. Das war um halb zehn. Der Mann erinnert sich deshalb so genau an die Zeit, weil er um zehn abgelöst wird, sein Kollege an diesem Abend aber eine halbe Stunde früher kam. Die Frau steuerte den Wagen. Ihr Begleiter stieg aus und erkundigte sich nach irgend etwas. Dann ging er zur Rückseite der Tankstelle und verschwand.«

»Hast du eine Beschreibung von diesem Mann?«

»Ja. Ungefähr einsfünfundsiebzig groß, vielleicht fünfundzwanzig Jahre, schätzungsweise fünfundachtzig Kilo schwer. Sehr dunkles, welliges Haar. Die Augenfarbe konnte der Tankwart nicht erkennen, aber der Mann soll einen dunkelbraunen Anzug getragen haben. Und jetzt denke mal an die Zeit, Perry. Sie ist exakt mit halb zehn Uhr angegeben. Um zehn Uhr aber hat Baxters Hausmeister die Tore geschlossen. Wie er behauptet, hat er weit und breit kein Auto gesehen.«

»Wer ist dieser Hausmeister?«

»Er heißt Corley L. Ketchum und bewohnt ein kleines Haus hinten auf dem Grundstück. Er hat unter anderem dafür zu sorgen, daß die Tore pünktlich um sieben Uhr früh geöffnet und um zehn Uhr abends verschlossen werden.«

»Und wer kümmert sich um das Haus?« wollte Mason wissen. »Die werden doch gewiß nicht jeden hineinlassen, oder?«

»Nein. Wenn Baxter anwesend ist, kommen ein paar Dienstboten um acht Uhr morgens und bleiben bis fünf am Nachmittag. Dann gibt es noch eine Köchin, die von mittags bis abends um acht arbeitet, sowie eine Haushälterin, die ständig dort wohnt. Da heute ihr freier Tag ist, hat Baxter ihr erlaubt, schon gestern abend wegzugehen. Sie verschwand gegen neun.«

»Was ist mit Baxter?« fragte Mason, »wo steckt der?«

»Er war geschäftlich in San Franzisko und mit dem Wagen auf der Rückfahrt. Er fuhr bis Bakersfield, übernachtete dort in einem Motel und kam heute früh zu Hause an. Das heißt, er fuhr zunächst in sein Büro. Erst dort erfuhr er, was auf seinem Besitz passiert war.«

»Hat man ihm das Foto der Leiche gezeigt?«

»Nein, den Toten selbst«, sagte Drake. »Baxter behauptet, der Mann wäre ihm völlig fremd. Er habe ihn noch nie gesehen. Morgen fliegt Baxter nach Honolulu. Er hat seine Angestellten angewiesen, der Polizei jedwede Unterstützung zu gewähren. Wenn ich mich nicht irre, hat er Leutnant Tragg sogar einen Hausschlüssel gegeben. Die Polizei ist mittlerweile überzeugt, daß Gwynn Elston Frankline Gilletts und Felting Grimes' Identität kannte, und zwar zumindest seit ihrem ersten Besuch bei Mrs. Gillett. Die Theorie der Polizei sieht folgendermaßen aus: Grimes fing Gwynn ab, als sie von ihrem Besuch bei Mrs. Gillett kam. Sie beschuldigte ihn der Bigamie, und es gab Krach. Dann zog sie den Revolver und zwang ihn, auf das Baxter-Anwesen zu fahren. Dort erschoß sie ihn.«

»Und wie wäre sie nach Hause gekommen?«

»Sie ist angeblich zu ihrem Wagen zurückgelaufen. Die Schießerei muß bei Baxter stattgefunden haben, und zwar bevor die Tore geschlossen wurden.«

»Aber was ist dann mit dem Mann, der sie zur Tankstelle begleitete?«

»Ihr Freund, ihr Komplice, nimmt die Polizei an. Sowie man diesen Mann findet, wird man beiden den Prozeß machen.«

»Sollen sie ruhig«, meinte Mason, »wir werden ja sehen, wie er endet.«

»Mach dir nichts vor, Perry«, warnte Drake, »du solltest die Burschen sehen, wie sie ein Steinchen zum anderen legen.«

Eine Weile lang schwieg Mason nachdenklich. Plötzlich sah er auf. »Es ist doch eine Schande, daß mein weitläufiger Vetter da oben in den Bergen niemanden hat, der ihn anständig unter die Erde bringen will. Es tut mir leid, daß ich erst jetzt von seinem Tod erfahre. Ich glaube, ich kann mir seine Beerdigung wohl noch leisten.«

Drakes Gesicht verriet Bestürzung. »Aber, Perry, damit kannst du doch nicht im Ernst operieren?«

»Weshalb denn nicht?«

»Das ist strafbar. Menschenskind, du wirst dich doch nicht hinstellen und behaupten, Gorman Gillett sei dein Vetter?«

»Ich kenne kein Gesetz, das mir das verbietet«, erwiderte Mason. »Jedenfalls darf ich doch die Kosten für sein Begräbnis übernehmen, wenn es mir Spaß macht, oder?«

»Aber du darfst doch nicht behaupten, daß er dein Vetter sei und die Leiche verlangen.«

»Wer will denn die Leiche?« fragte Mason. »Ich fahre nur hin und sehe sie mir an.«

»Das ist reine Zeitverschwendung«, rief Drake. »Schön, du bist der Polizei insofern voraus, als du weißt, wo Gilletts Vater lebte. Aber Frankline Gillett hatte seit Jahr und Tag nichts mehr von seinem Vater gehört.«

»Woher weißt du das?«

»Das hat er jedem erzählt.«

»Dieser Frankline Gillett hat allerhand erzählt«, gab Mason zu bedenken. »Seiner Frau sagte er, er ginge auf Geschäftsreise, dabei tauchte er ein paar Kilometer weiter in seinem Haus als Felting Grimes auf. Und wenn ihm das zuviel wurde, schützte er auch dort Geschäfte vor und kehrte zu seiner Mrs. Gillett zurück... der arme Gorman! Ich finde, er hat wirklich das Recht auf eine anständige Beerdigung. Außerdem glaube ich, daß mir eine Luftveränderung sehr gut täte. Die Polizei wird nämlich sicher bald auftauchen und mir eine Menge Fragen stellen wollen. Besser, ich verreise ein bißchen.«

»Das ist eine Situation, in der ich mit Wonne in meinem winzigen Büro sitzen bleibe und lauwarmen Kaffee zu aufgeweichten Hamburgern trinke«, stellte Drake fest.

Mason wandte sich an Della Street: »Möchten Sie gern eine kleine Autotour machen, Della?«

»Sehr gern sogar.«

»Dann los. Nehmen Sie sich einen Stenoblock, ein paar Bleistifte und –« Mason überlegte einen Augenblick »– ja, und nehmen Sie bitte auch einen besonders hellen Lippenstift mit, ja?«

Della nickte.

»Wir müssen uns beeilen, denn in Pine Haven werden sie sicher die Läden um acht dichtmachen. Was hat die Polizei an dem Revolver festgestellt, Paul?«

»Keine Ahnung, sie hüllen sich in Schweigen. Ich glaube, sie haben eine heiße Spur, aber sie ist noch streng geheim. Perry, angenommen, es stellt sich heraus, daß dieser Gorman Gillett tatsächlich Franklines Vater war, was dann?«

»In diesem Fall wirst du doch zugeben müssen, daß die Sterblichkeitsquote dieser Familie urplötzlich in die Höhe geschnellt ist, nicht?« erwiderte Mason. »Wenn zwei Familienmitglieder innerhalb eines Zeitraums von ein bis zwei Tagen das Zeitliche segnen, kann man doch schwerlich an einen Zufall glauben.«

»Mein Güte!« rief Drake. »Von diesem Gesichtspunkt aus habe ich es noch gar nicht betrachtet.«

»Dann hole es nach«, erwiderte Mason lächelnd und nickte Della Street zu. »Kommen Sie, gönnen wir unserem Auto ein bißchen Auslauf.«

10

Pine Haven lag verhältnismäßig hoch, und die klare, würzige Gebirgsluft stand in krassem Gegensatz zu der stickigen Treibhausatmosphäre der Talstadt. Die Sterne funkelten vom kristallklaren Himmel, und die ausladenden Pinienbäume und Föhren waren schwarze Silhouetten, die bis in den Himmel zu ragen schienen.

In dem kleinen Ort schienen bis auf ein paar Nachzügler, die aus dem Kino kamen, alle Einwohner bereits zu schlafen. Der

Besitzer des Drugstores an der Ecke ließ gerade die Läden hinunter. Nur eine Tankstelle und eine Eisdiele hatten noch geöffnet.

Mason parkte seinen Wagen vor dem Beerdigungsinstitut Bolton, dessen Eingang von einer bunten Lampe beleuchtet wurde, stieg aus und ging die Stufen zum Büro hinauf.

An einer Tür mit der Aufschrift *Assistent des Coroners und öffentlicher Administrator* läutete der Anwalt.

Innerhalb weniger Sekunden wurde die Tür von einem wunderlich anmutenden Mittsechziger geöffnet. Das Männchen trug eine Nickelbrille, hatte einen langen grauen Schnurrbart, und sein Haar war strähnig und zerzaust.

»Ich suche Mr. Bolton«, sagte Mason.

»Den haben Sie bereits gefunden.«

Der Anwalt streckte die Hand aus. »Mein Name ist Mason. Das hier ist Miss Street. Wie ich höre, ist bei Ihnen ein Toter aufgebahrt, um dessen Beerdigung sich niemand kümmert.«

»Gorman Gillett?« fragte Bolton.

»Stimmt.«

»Sind Sie ein Verwandter?«

»Das weiß ich noch nicht«, erwiderte Mason. »Es besteht die Möglichkeit, aber um ganz ehrlich zu sein, eine sehr geringe. Jedenfalls bin ich hergefahren, um mir die Leiche anzusehen. Wenn es sich um den Mann handelt, den ich meine, und wenn sich keine Verwandten melden, dann möchte ich die Beerdigung bezahlen.«

Bolton betrachtete den Anwalt über seine Brillengläser hinweg. »Na, so was«, rief er fröhlich. »Das ist ja prima. Kommen Sie herein.«

Ein Gemisch von Weihrauch, Blumenduft und ein Odeur von Einbalsamierungsölen stieg Mason in die Nase.

»Ich habe noch an meinen Büchern gearbeitet«, erklärte Bolton. »Gerade wollte ich Schluß machen. Es wird hier nämlich nachts reichlich kühl, aber die Zentralheizung anzustellen, lohnt sich auch wieder nicht. So, und nun erzählen Sie mir, Mr. Mason, was Sie sich vorgestellt haben.«

»Etwas Einfaches«, antwortete Mason, »aber auch nicht gerade das Billigste.«

»Möchten Sie die Leiche überführen lassen?«

»Mir wäre es lieber, wenn ich keinen Anspruch auf den Leichnam geltend zu machen brauchte«, erklärte der Anwalt. »Meine Absicht ist es lediglich, einen entsprechenden finanziellen Beitrag zu leisten und dafür zu sorgen, daß der Mann einfach, aber anständig begraben wird.«

»Verstehe«, meinte Bolton. »Möchten Sie sich jetzt unsere Särge ansehen?«

»Das überlasse ich ganz Ihnen«, antwortete Mason. »Im Augenblick ist alles, was ich von dem Mann weiß, der Name. Und deshalb wäre es mir lieb, wenn ich die Leiche zuerst sehen dürfte.«

»Aber selbstverständlich«, versicherte Bolton. »Ich muß Sie allerdings warnen, und ganz besonders die junge Dame hier. Er ist kein schöner Anblick. Wenn Verwandte da sind, wird die Leiche immer schön aufgebahrt, aber in diesem Fall ... na, Sie wissen schon, was ich meine. Ich muß ihn zuerst ... wenn Sie mich bitte zwei Minuten entschuldigen würden. Dann können Sie hineingehen.«

»Gewiß doch.«

Bolton sprang hinter seinem Schreibtisch auf und verschwand durch eine Tür.

»Sie bleiben hier, Della«, flüsterte Mason. »Ich werde ihm sagen, daß er seinen Scheck von Ihnen bekommt. Wir gehen bis dreihundertfünfzig. Und jetzt geben Sie mir den hellen Lippenstift.«

»Was haben Sie eigentlich vor, Chef?«

»Ich weiß noch nicht, wie ich es anstellen soll«, antwortete Mason. »Sie müssen einfach nur meine Signale befolgen.«

»Sie haben eine Anzahlung von fünf Dollar erhalten«, protestierte Della. »Trotzdem engagieren Sie Drake, was nicht unter tausend abgehen wird. Und dann riskieren Sie noch dreihundertfünfzig für die Beerdigung eines Unbekannten.«

»Klingt aufregend, nicht?« fragte Mason.

»Jedenfalls nicht vom Standpunkt des Buchhalters aus«, beklagte sich Della.

»Was glauben Sie, hält das Finanzamt von Leuten, die eine Anwaltskanzlei mit Verlust führen?«

»Gewiß nicht viel. Die Spesen sollen nicht nur niedrig, sie müssen auch begründet und gerechtfertigt sein.«

»Das Geld ist rund«, erklärte Mason lächelnd, »damit es in Zirkulation bleibt. Ist Ihnen je in den Sinn gekommen, Della, was ein einziger Dollar alles bewirken kann? Ich zahle ihn an Paul Drake, sagen wir mal, der gibt ihn seiner Wirtin. Die wiederum bezahlt damit ihren Lebensmittelhändler, und dieser gibt ihn abermals aus. Aber wenn ich einen Dollar nehmen und ihn in die Tasche stecken würde ...«

Della mußte lachen. »Wenn Sie einen Dollar in die Tasche stecken«, meinte sie, »dann brennt er Ihnen ein Loch hinein. Also werfen Sie nur weiter mit dem Geld um sich. Dadurch sparen Sie wenigstens Hosen.«

»Danke sehr«, sagte Mason. »Ich wollte ja nur von Ihnen hören, daß ich es richtig mache.«

»Ich bin soweit«, rief Bolton, der in diesem Moment zurückkam. »Möchten Sie ihn jetzt sehen? Gleich hier entlang, bitte.«

Bolton ging voran durch einen Korridor und betrat eine Tür mit der Aufschrift *Schlummerraum.*

Gedämpftes rosa Licht, schwerer Parfümgeruch und leise Musik zeichneten diesen Raum aus.

Bolton lächelte Mason entschuldigend an. »Ich habe die Musik gerade erst angestellt«, meinte er. »Die Lautstärke stimmt nicht. Der Plattenspieler ist alt und braucht immer eine Weile, bis er richtig warm wird. Ich konnte Gillett noch nicht in den Schlummerraum bringen. Er liegt dort draußen, wo die Leute aufgebahrt sind, die ein Armenbegräbnis bekommen. Hoffentlich stört Sie das nicht.«

»Überhaupt nicht«, erwiderte Mason. »Ich will ihn mir ja nur ansehen.«

Wieder ging Bolton voran zu einer Marmorbank und zog ein

Leintuch zurück. »Das ist der alte Gorman Gillett«, murmelte er. »Eine Art Philosoph, könnte man sagen ... natürlich habe ich ihn ein wenig gewaschen und rasiert. Er war ein wunderlicher Kauz. Immer sprach er mit einem über Philosophie oder so etwas. Er hatte in den Bergen eine kleine Hütte, wo er die verrücktesten Sachen sammelte. Gearbeitet hat er eigentlich nie, wenn ich das sagen darf. Aber er hat ja auch nicht viel gebraucht. Dann und wann kaufte er sich einen Sack Mehl, und wenn Saison war, schoß er sich einen Bock. Von dem luftgetrockneten Fleisch lebte er das ganze Jahr.«

Bolton hüstelte.

Mason stand in stummem Ernst vor dem Toten.

»Na, ist das nun Ihr Mann?« erkundigte sich Bolton hoffnungsvoll.

»Ganz sicher bin ich mir nicht«, erwiderte Mason, »aber ich will es riskieren. Wenn ich dreihundertundfünfzig anlege, was bekomme ...«

»Oh, dafür bekommen Sie etwas sehr, sehr Nettes«, unterbrach ihn Bolton eifrig. »Sehr gepflegt, wirklich, Mr. Mason. Das schließt den Pfarrer, einen Sänger sowie die Fahrt für Sie und Miss Street zum Grab und zurück ein.«

Mason starrte unbeweglich auf den Leichnam. »Würden Sie bitte so nett sein und Miss Street fragen, ob sie das Scheckbuch bei sich hat?« fragte er.

»Aber sicher«, antwortete Bolton und ging hinaus.

Kaum hatte sich die Tür hinter dem Leichenbestatter geschlossen, da beschmierte Mason die Fingerkuppen des alten Mannes mit Lippenstift und preßte sie gegen ein gefaltetes Stück weißes Papier. Als er mit der rechten Hand fertig war, bearbeitete er die linke. Besonders vorsichtig ging er mit den Daumen zu Werke.

Nach einem Blick auf die Tür wiederholte Mason die ganze Prozedur mit einem zweiten Blatt Papier. Dann wischte er die Hände des Toten mit einem Taschentuch ab und deckte wieder das Tuch über ihn.

Danach ging Mason langsam ins Büro zurück.

»Es tut mir leid«, hörte Mason Della sagen, »jetzt habe ich mich verschrieben und muß einen neuen Scheck ausstellen.«

»Das macht nichts«, antwortete Mason, der hinzugetreten war. »Vermerken Sie das Storno aber auf dem Abschnitt, ja?«

»Habe ich bereits.«

Della gab Bolton den Scheck. Dieser besah ihn sich und wollte ihn bereits in die Tasche stecken, als er plötzlich stutzte. »Sie sind Perry Mason?«

»Ja.«

»Rechtsanwalt Perry Mason?«

»Ja.«

»Meine Güte! Ich hätte nie für möglich gehalten, daß dieser Mann da drinnen Ihr Verwandter ist.«

»Das habe ich auch nicht behauptet«, stellte Mason richtig. »Ich habe nur gesagt, er könnte ein Verwandter von mir sein.«

»Und jetzt, da Sie ihn gesehen haben ... ich meine ...«

»Sie haben Ihren Scheck, Bolton«, schnitt Mason ihm das Wort ab. »Damit habe ich bewiesen, daß ich genug von dem Toten halte, um seine Beerdigung zu bezahlen.«

Bolton überlegte einen Augenblick, dann faltete er langsam den Scheck zusammen und ließ ihn in seiner Hosentasche verschwinden. »Ich habe gern mit Leuten zu tun, die klare Geschäfte machen«, sagte er. »Also, was kann ich sonst noch für Sie tun, Mr. Mason?«

»Wo wohnte Gillett? Sie sagten, er besaß eine Berghütte?«

»Stimmt. Ungefähr zwei Kilometer von hier. Ein kleines Häuschen. Möchten Sie es sich ansehen?«

»Ja, sehr gern.«

»Ich muß nur meiner Frau Bescheid sagen«, meinte Bolton. »Wenn Sie einen Moment warten, fahre ich mit Ihnen hinauf.«

»Haben Sie einen Schlüssel?«

»Natürlich. Ich bin doch der amtliche Leichenbestatter, und bisher hatte sich noch kein Angehöriger gemeldet.«

»Gibt es einen Nachlaß?« wollte Mason wissen.

»Nicht genug, um ihn damit anständig unter die Erde zu

bringen«, antwortete Bolton. »Ich nehme an, Sie wollen sich dort ein bißchen umsehen, wie?«

»Nun ja«, wich Mason aus. »Ich möchte gern die wahre Identität des Toten ermitteln.«

»Sicher, verstehe«, murmelte Bolton. »Sie haben immerhin dreihundertfünfzig Piepen investiert und wollen was dafür sehen. Ich bin schließlich nicht von gestern, Mr. Mason. Also, ich sage jetzt meiner Frau Bescheid, daß sie ein Auge auf den Laden wirft. Nicht, daß ich heute noch Kundschaft erwarte, aber ein Bursche namens Jones war ziemlich krank. Ich schätze zwar, er machts noch mal, aber wer weiß? Auch Oma Harper war sehr elend, sie hat sich aber wieder aufgerappelt ... Na ja, das wird Sie alles nicht interessieren. Also, ich komme gleich wieder, dann fahren wir los.«

Wieder eilte Bolton aus der Tür und verschwand.

»Haben Sie Ihr Ziel erreicht?« erkundigte sich Della Street.

Mason zeigte ihr die Fingerabdrücke.

»Was wollen Sie damit beweisen?«

»Ich habe keine blasse Ahnung.«

»Glauben Sie, daß die Polizei hier heraufkommt?«

»Die Polizei ist zwar sehr gründlich und außerordentlich tüchtig«, antwortete Mason, »aber wir haben gute Aussichten, ihr bei Gorman Gillett einen Sprung voraus zu sein.«

Die Tür ging auf, und Bolton trat ein. Er hatte einen Mantel an und einen Ring mit einer Nummer und einem Schlüssel in der Hand. »Ich habe oben noch nicht offiziell Inventur gemacht«, sagte er. »Aber wir werden ja jetzt sehen, ob wir etwas finden, was Ihnen Aufschluß gibt.«

»Am besten, wir nehmen gleich meinen Wagen«, schlug Mason vor. »Er steht vor dem Haus.«

»Prima. Also, Sie fahren die Hauptstraße hinunter, ungefähr vier Blocks. Dann geht's rechts ab – wir müssen eine ziemlich steile Gasse hinauf. Wahrscheinlich wird es dort rutschig sein, denn es hat geregnet. Miss Street ist doch hoffentlich nicht ängstlich, oder?«

»Nein, das ist sie nie«, antwortete Mason trocken.

»Na, fein. Manche Frauen sind es nämlich.«

Bolton wollte hinten einsteigen. »Wir haben vorn bequem zu dritt Platz«, sagte Mason. »Auf diese Weise frieren wir alle drei nicht.«

Della setzte sich in die Mitte. Bolton rutschte neben sie und warf ihr über seine Nickelbrille hinweg einen bewundernden Blick zu.

Als Mason vier Häuserblocks weit gefahren war, fragte er: »Hier jetzt rechts ab?«

»Ja, rechts, dann über die Brücke und den schmalen Weg hinauf. Wenn Sie nicht zuviel Gas geben, kann nichts schiefgehen.«

»Danke«, sagte Mason.

Der Wagen bog in einen Sandweg ein, holperte dann über die Brücke und begann langsam, aber stetig bergauf zu fahren. Eine Minute später stieß Bolton einen Seufzer der Erleichterung aus und lehnte sich gemütlich zurück. »Ich merke schon, Sie sind öfter im Gebirge gefahren. Ich habe Sie wegen Miss Street gefragt, aber ehrlich gesagt, bin ich selbst ein bißchen ängstlich, wenn ich mit einem Städter hier oben herumgondeln muß.«

»Aber jetzt haben Sie keine Angst mehr, wie?« fragte Mason.

»Nein, Sie machen Ihre Sache prima.«

»Woran ist Gillett eigentlich gestorben?« wechselte Mason das Thema.

»Laut Totenschein an Herzinfarkt.«

»Kennen Sie den Arzt, der den Tod festgestellt hat?«

»Oh, sicher«, antwortete Bolton. »Der alte Doc Carver, Ewald P. Carver heißt er.« Er wandte den Kopf und musterte zuerst Della, dann Perry Mason. »Natürlich versuchen wir, Sie in jeder Hinsicht zu unterstützen, Mr. Mason. Schließlich sind Sie ein Bargeldkunde für uns. Wissen Sie, was man unter einem zuständigen Internisten versteht?«

»Nun ja, den Arzt, der den Verstorbenen zuletzt behandelte?«

»Hm, ja, so ungefähr. Aber hier oben nehmen wir es nicht so genau. Sie müssen wissen, es ist eine scheußliche Arbeit, eine Leiche nach einer Obduktion einzubalsamieren. Wenn aber ein Arzt einen Patienten wegen eines Herzfehlers behandelt hat und der Patient stirbt plötzlich, na, dann ist er eben seinem Leiden erlegen, nicht wahr? Kein Grund für uns, die Leiche zu öffnen.«

»Im Vertrauen, wann hat Dr. Carver Gillett zum letztenmal vor seinem Tod besucht?«

»Nun ja, vielleicht vierundzwanzig Stunden vorher.«

»Und er wurde wegen Herzschwäche behandelt?«

»Sie stellen aber auch Fragen«, protestierte Bolton. »Sehen Sie, das war so: Dr. Carver begegnete Gillett, sagen wir mal, auf der Post, auf der Straße oder irgendwo. Da er ihn seit langem kannte, reichte das für eine Diagnose. Sie würden sich wundern, wieviel ein Arzt feststellen kann, wenn er Sie nur ansieht. Manche Ärzte sind wirklich unerhört tüchtig.«

»Verstehe«, meinte Mason trocken. »Also, Dr. Carver sah Gillett auf dem Postamt und wußte, daß Gillett wahrscheinlich innerhalb der nächsten vierundzwanzig Stunden an Herzinfarkt sterben würde?«

»So kann man es nun auch wieder nicht ausdrücken«, rief Bolton. »Oder haben Sie einen besonderen Grund, weshalb Sie es so auffassen wollen?«

»Ich möchte gern wissen, wie es wirklich war«, antwortete Mason.

»Also die absolute Wahrheit?«

»Ja.«

»Nicht ausgeschmückt?«

»Nein.«

»Wie ich schon sagte, Sie haben bar bezahlt, Mr. Mason, und daher ein Recht darauf, alles zu erfahren. Also, es war so: Gillett hatte einen Freund, einen gewissen Ezra Honcutt. Er und Gillett streunten oft herum. Was die Burschen gesucht haben, war den Leuten ein Rätsel, aber wenn Sie mich fragen, waren sie hinter ein bißchen Wildfleisch her. Na ja, das gehört auch nicht zur Sache. An dem bewußten Tag stieg Ezra zu Gilletts Hütte hinauf, um mit ihm zu frühstücken. Aber Gorman Gillett war anscheinend noch nicht aufgestanden. Es brannte weder ein Feuer, noch war Kaffee gekocht. Als Ezra ins Haus trat, sah er Gorman im Bett liegen. Er schimpfte Gillett einen Faulenzer, aber dieser reagierte nicht. Ezra stieß ihn in die Rippen, aber Gorman gab keinen Muckser von sich. Da erst sah Ezra, daß Gillett tot war. Ezra eilte daraufhin zu mir, und ich fuhr hinauf und sah mir die Bescherung an. Sie wissen ja, wie so etwas ist. Ich wußte, daß Doc Carver ihn behandelt hatte und rief ihn an. Er kam und fragte, ob alles in Ordnung sei. Und da Gorman weder erschossen worden war noch ein Messer im Rücken hatte, blieb als Todesursache nur Herzinfarkt übrig. Doc Carver versprach, den Totenschein dementsprechend auszustellen. Anschließend habe ich Gorman mit hinuntergenommen. Das ist alles.«

»Vielen Dank«, sagte Mason. Bolton nickte nur. »Dieser Mann – ich meine Gorman«, fuhr der Anwalt fort, »hatte zwar, wie Sie mir sagten, keine Verwandten. Aber wie steht's mit Freunden oder Bekannten, vielleicht Leuten von außerhalb?«

»Darüber habe ich auch schon nachgedacht«, erwiderte Bolton. »Besonders unterhaltsam war er ja nie. Wenn Sie erst sehen, wie er gewohnt hat, werden Sie wissen, was ich meine. Er hatte zwei oder drei Freunde, mit denen er fischte und jagte, und manchmal ging er auch wildern. Wir leben hier oben in einem Gebiet, wo es sehr viel Wild gibt, na, und man will schließlich nicht seinen ganzen Verdienst zum Metzger bringen ... Sie verstehen schon?«

»Aber natürlich.«

»Der alte Gorman hatte, wie gesagt, zwei oder drei Freunde, dieselben Typen wie er. Aber seit ungefähr zwei Jahren kam jemand mit dem Wagen, der ihn besuchte. Ein gutaussehender Bursche. In der Stadt hielt er nie an, sprach mit niemandem von uns, sondern fuhr immer schnurstracks zu Gorman Gilletts Hütte. Dort blieb er eine Weile, dann fuhr er zurück.«

»Hat man hier im Ort eine Ahnung, wer das sein könnte?« wollte Mason wissen.

»Ach, geredet wurde eine ganze Menge. Hier bei uns passiert nichts, worüber die Leute nicht reden.«

»Sie sagten, dieser Mann kam seit zwei Jahren in Abständen immer wieder?«

»Nun ja, vielleicht nicht seit genau zwei Jahren. Möglicherweise ist es schon etwas länger her. Er hat übrigens manchmal im Ort getankt.«

»Wo?« fragte Mason interessiert.

»Na, bei der Tankstelle an der Ecke. Nicht weit von meinem Büro.«

»Glauben Sie, daß er mit Benzinscheinen bezahlt hat?« fragte Mason. »Ich meine, halten Sie es für möglich, daß man seine Zulassungsnummer noch feststellen kann?«

»Nein. Auf diese Idee bin ich auch schon gekommen, als ich nach jemand suchte, der die Beerdigungskosten übernehmen konnte. Nein, nein ... Nach dem Kanal da vorn müssen Sie links in den kleinen Hohlweg einbiegen. Langsam jetzt, ja, da sind wir schon.«

Der Anwalt verlangsamte das Tempo und fuhr im Schritt die steile Auffahrt hinauf.

»Gorman Gillett hatte kein Auto?« sagte Mason.

»Ein Auto!« rief Bolton lachend. »Menschenskind, ich bezweifle, daß er überhaupt eine Zahnbürste hatte.«

Im Scheinwerferlicht wurde jetzt die Hütte sichtbar.

»Ich weiß nicht, ob Miss Street mit hineingehen möchte? Gillett hat nicht viel von Sauberkeit gehalten. Sie wird vielleicht einen solchen Anblick nicht gewöhnt sein«, meinte Bolton.

»Das macht ihr nichts aus«, versicherte Mason. »Wir möchten uns gern umsehen. Wie steht es mit Licht? Gibt es Elektrizität?«

»Nein, leider; aber Gas hatte er«, antwortete Bolton.

Sie stiegen aus und traten auf einen Teppich von Piniennadeln und Blättern. Bolton ging voran, schloß die Tür auf und zündete ein Streichholz an.

»Warten Sie lieber hier, bis ich diese alte Gaslampe zum Brennen gebracht habe«, bat er.

Della Street rümpfte die Nase, als ihr die dumpfe Luft entgegenschlug.

»Zünden Sie sich eine Zigarette an, Della.«

»Ja, danke, eine gute Idee.«

Mason zog die Schachtel Zigaretten heraus und gab ihr eine. »Mein silbernes Etui fehlt mir«, sagte er.

»Glauben Sie, daß Sie es je zurückbekommen?«

»Aber sicher, nur wird Tragg, wie ich ihn kenne, tatsächlich seine Initialen hineinkratzen.«

Mason gab Della Street Feuer und zündete sich dann seine Zigarette an.

Kurz darauf wurde alles von einem grellen gelben Licht überstrahlt.

»Bitte, treten Sie näher, meine Herrschaften«, lud Bolton ein.

Die Hütte bestand aus einem einzigen Raum, an dessen gegenüberliegender Wand eine Bettnische eingebaut war. Auf der anderen Seite standen ein großer Tisch, ein Stuhl und dazwischen ein Herd.

Auf einem Regal stapelten sich Konservendosen. Ein Abwaschbecken mit Warm- und Kaltwasserhahn gab es ebenfalls. Außer zwei weiteren Stühlen hatte Gillett noch eine Holzkiste besessen, die so gezimmert war, daß man sie als zusätzliche Sitzgelegenheit benutzen konnte. Auf einem Brett standen Teller und Tasse. Das Besteck hatte der Verstorbene in einer alten Zigarrenkiste untergebracht. Über dem Ofen hingen ein zerbeulter Kaffeetopf, ein Teekessel und eine alte Pfanne.

»Er lebte ziemlich einfach«, erklärte Bolton.

»Das sieht man«, erwiderte Mason.

Der Anwalt ging zu einer Ecke, in der einige Kisten zusammengenagelt eine Art Zeitungsständer darstellten. Die Zeitschriften und Magazine waren sämtlich sehr zerlesen und hatten Eselsohren.

»Irgendwelche Papiere?« fragte Mason.

»Nichts. Ich glaube, er besaß nicht einmal einen Kugelschreiber. Aber einen Bleistiftstummel habe ich herumliegen sehen.«

Die Magazine waren unsortiert achtlos in die zusammengezimmerte Kiste geworfen worden. Mason zog sich einen Stuhl heran und begann, sie durchzublättern.

»Er ließ sie sich immer von einem Burschen aus dem Antiquariat bringen«, erklärte Bolton. »Das Stück für einen Pappenstiel.«

Mason blätterte weiter. Alle Geschichten in diesen Magazinen hatten als Hintergrund wahre Kriminalfälle. Sie rochen förmlich nach Mord.

Bolton schien Masons Gedanken zu erraten. »Ja, das war alles, was ihn interessierte: Detektivgeschichten. So ist es eben. Jeder hat einen anderen Geschmack. Meine Frau zum Beispiel möchte immerzu verreisen.«

Der Anwalt zog eine *Saturday Evening Post* heraus. »Hier ist etwas anderes«, sagte er.

Die Zeitung war zweieinhalb Jahre alt.

»Ja, die kenne ich. Das ist die einzige Zeitung, die er hatte«, meinte Bolton.

Mason sah das Blatt durch. Plötzlich hielt er inne. Als er aber sah, daß Bolton ihn beobachtete, blätterte er ganz beiläufig weiter und warf die Zeitung dann achtlos auf den Stapel zurück. »Was gibt's sonst noch?« fragte er Bolton. »Sie sagten etwas von getrocknetem Fleisch.«

»Davon hatte er jede Menge.«

»Womit hat er das Wild erledigt?«

»Ich wußte, daß Sie das fragen würden«, meinte Bolton.

»Besaß er ein Gewehr?«

»Klar, und noch dazu eine ganz prima Waffe. Die hat er gepflegt und geölt, kann ich Ihnen sagen. Nicht ein Staubkörnchen würden Sie daran finden.«

»Wo ist das Gewehr jetzt?«

»Bei mir. Es ist, wie gesagt, eine sehr gute Waffe, und ich dachte, daß ich damit wenigstens auf meine Unkosten für die Leichenbestattung käme.«

»Nun ja«, meinte Mason, »wenn keine Erben vorhanden sind, dann ist es ja bei Ihnen auch sehr gut aufgehoben.«

»Wissen Sie was, Mr. Mason? Sie sind wirklich ein sehr guter Anwalt. Sie haben genau die richtige Einstellung und das, was man einen klugen Kopf nennt. Ich wette, wenn Sie sich hier bei uns ein Häuschen mieten würden, kämen Sie mit allen Leuten gut aus.«

»Eine interessante Idee«, antwortete Mason. »Wenn ich mal mehr Zeit habe, werde ich das vielleicht sogar machen und meine Wochenenden und den Urlaub in den Bergen verbringen.«

»Hier ist der beste Fleck dafür«, schwärmte Bolton. »Die Leute, die zu uns kommen, stehen manchmal schon mit einem Bein im Grab, aber bei uns werden sie wieder gesund und leben und leben ... verflixt, ich muß es doch wissen. Diese gesunde Luft hat mich schon um viel Geld gebracht. Na ja. Gibt es sonst noch etwas, das Sie sehen wollten?«

»Ich glaube nicht«, antwortete Mason. »Ich nehme an, Sie haben das ganze Zeug schon gesichtet, oder?«

»Sicher. Immer, wenn ich eine Leiche bekomme und kein Geld da ist, sehe ich mir den Nachlaß genau an.«

»Geld hatte er also nicht?« konstatierte der Anwalt.

»In der alten Kaffeekanne da oben lagen siebzehn Dollar. Das war alles.«

»Keinerlei Briefe, Postkarten oder so etwas, woraus man schließen könnte, wer ihm schrieb?«

»Nichts, aber auch gar nichts.«

»Ich möchte aus meiner Aktentasche etwas holen, bevor wir hier wegfahren. Sie liegt im Auto. Ich möchte Ihnen etwas zeigen.«

»Na schön«, meinte Bolton, »gehen wir.«

»Nein«, wehrte Mason ab, »dieses Gaslicht ist schön hell, und ich will, daß Sie gut sehen können.«

»Ich hole die Tasche«, rief Della und eilte hinaus, um wenige Augenblicke später mit der Aktentasche unterm Arm zurückzukommen.

»Sie erwähnten einen jungen Mann, der Gorman Gillett manchmal besuchte«, sagte Mason. »Ich glaube, Sie sagten sogar, Sie hätten ihn gesehen?«

»Sicher habe ich ihn gesehen.«

»Würden Sie ihn wiedererkennen?«

»Ich glaube schon.«

»Auch auf einem Foto?«

»Kann ich nicht sagen. Das kommt auf die Aufnahme an.«

Mason nahm Frankline Gilletts Foto aus der Aktentasche und gab es dem Leichenbestatter.

Bolton betrachtete die Aufnahme lange und gründlich. »Schwer zu sagen«, murmelte er. »Keine Farben. Ich finde, daß Farben bei einem Foto viel ausmachen. Aber ich glaube trotzdem, Mr. Mason, das ist der Mann.«

»Hm, ich würde natürlich sehr gern sichergehen, aber ...«

»Er sah genauso aus«, unterbrach ihn Bolton. »Ich mache Ihnen einen Vorschlag. Hy Lovell unten von der Tankstelle hat den Mann öfter gesehen als ich. Und dann ist ja Ezra Honcutt auch noch da; Sie wissen schon, der Alte, der Gormans Leiche fand. Er wohnt nur einen Kilometer weiter. Ezra hat den Besucher auch gesehen.«

»Glauben Sie, daß wir noch zu ihm fahren können?« fragte Mason.

»Er wird wahrscheinlich schon schlafen«, meinte Bolton, »Aber was soll's? Wecken wir ihn eben.«

»Vielen Dank, das wäre mir wirklich sehr lieb«, sagte Mason.

»Na schön, dann fahren wir«, sagte Bolton, löschte das Licht, verschloß die Hütte und ging mit den anderen zum Wagen zurück.

Sie fuhren etwa einen Kilometer weiter, bis Bolton auf eine Hütte deutete.

»Am besten, ich wecke ihn allein auf«, meinte er. »Unsere Leute hier sind Fremden gegenüber manchmal sehr mißtrauisch. Besonders nachts.«

Ohne eine Antwort abzuwarten, stieg Bolton aus dem Wagen

und ging ein paar Schritte auf das Häuschen zu. »Hallo, Ezra!« rief er aus voller Kehle.

Fast augenblicklich kam von drinnen eine krächzende Stimme: »Bist du's, Manny?«

»Ja.«

»Was willst du?«

»Reden.«

»Wer sind die anderen Leute?«

»Ein Mann und eine junge Dame.«

»Woher sind sie?«

»Aus der Stadt.«

»Ich will nicht reden.«

»Mit ihm schon, er ist in Ordnung. Und die kleine Frau ist sehr hübsch.«

»Aber ich habe meine langen Unterhosen an«, krächzte Ezra.

»Na, dann zieh dir die Blue jeans über«, rief Bolton zurück. »Und leg endlich deine Knarre weg. Zieh dich an und mach Licht.«

»Wer sagt denn, daß ich mein Schießeisen in der Hand habe?«

»Ich kenne dich, du Hasenfuß«, donnerte Bolton. »Also, mach endlich, daß du in die Hose kommst!«

»Okay«, klang es kläglich von drinnen. »Laß einem alten Mann ein bißchen Zeit, ja?«

Mason und Della Street blieben im Wagen sitzen, während Bolton ungeduldig vor dem Haus wartete, bis endlich Licht anging.

Bolton lief hin und stieß die Tür auf. »Ich rufe Sie in einer Minute«, sagte er zu Mason und Della und verschwand in der Hütte.

»Okay, jetzt ist er angezogen«, rief er kurz darauf. »Kommen Sie.«

Auch Ezras Hütte bestand aus einem einzigen Raum, aber er wirkte sehr viel aufgeräumter und sauberer als der Gilletts.

Ezra Honcutt war ein langer, dürrer Mann. Er trug nur ein

dickes Wollunterhemd und Arbeitshosen. Das Unterhemd schien früher einmal rot gewesen zu sein. Jetzt aber war es verblichen und leicht zerschlissen.

Auch in dieser Hütte bestand die Rückwand aus einer Bettnische. Die Decken waren hastig zurückgeworfen worden. Betttücher oder Bettbezüge hatte der Mann nicht. Nur auf dem Kopfkissen lag ein altes Frottiertuch.

In der Ecke neben dem Bett lehnte eine Jagdflinte, und an einem Haken an der Wand baumelten eine Schrotflinte und ein Gürtel mit Patronen.

»Das ist Ezra Honcutt«, stellte Bolton vor. »Und diese Herrschaften sind Perry Mason und Miss Street.«

Ezra Honcutt wirkte verschlagen. Er mußte Mitte Sechzig sein. Auf seinem langen, drahtigen Körper saß ein dünner Hals mit einem ausgeprägten Adamsapfel. Eine lange, ungekämmte Mähne ließ ihn nicht gepflegter erscheinen. Er streckte die Hand über den Tisch und erfaßte Masons Rechte. »Freut mich«, murmelte er.

Dann verbeugte er sich linkisch vor Della Street.

»Ich hab' doch irgendwo meine Jacke«, murmelte er. »Hab' nicht gewußt, wie schön Sie sind, sonst hätt' ich sie gleich angezogen.«

»Hör auf mit dem Quatsch«, schalt ihn Bolton. »Du bist angezogen, das ist die Hauptsache. Dieser Herr hier hat ein Bild, das du dir ansehen sollst.«

»Was für ein Bild?« fragte Ezra Honcutt.

»Von einem Mann.«

»Gut, ich sehe es mir an.«

Mason nahm die Fotografie aus der Aktentasche und hielt sie Honcutt hin.

»Hast du den Kerl schon mal gesehen, Ezra?« fragte Bolton.

Ezra betrachtete das Foto und gab es dann langsam wieder zurück. Er überlegte umständlich, zog ein Stück Kautabak aus der Hosentasche und schob es zwischen die Lippen.

»Na, was ist?« drängte Bolton.

»Bin nicht sicher.«

»Was glaubst du?«

»Ich glaube eher, ja.«

»Was, ja? Wer ist es?«

»Der Bursche, der ein paarmal bei Gorman war.«

»Dachte ich mir's doch«, strahlte Bolton. »Weißt du, wie er heißt?«

»Nö.«

»Nie mit ihm gesprochen?«

»Nö.«

»Das ist alles, was wir wissen wollten«, sagte Bolton. »Tut mir leid, daß wir dich geweckt haben, aber der Herr hier hat's eilig. Er muß noch in die Stadt zurück.«

Ezra musterte Mason mit seinen wasserblauen Augen.

Bolton lachte.

»Was ist los?« begehrte Ezra auf.

»Du glaubst, du kennst ihn auch, he?«

»Irgendwie ist er mir schon mal untergekommen.«

Bolton lachte dröhnend.

»Warum sagst du es mir nicht?«

»Was denn?«

»Na, weshalb er mir so bekannt vorkommt.«

»Wenn ich es dir erst sagen muß, dann kennst du ihn auch nicht.«

»Na schön, dann kenne ich ihn eben nicht«, maulte Ezra.

»Du wirst ihn sicher bald wiedersehen«, prophezeite Bolton. »Also, mach's gut, Ezra.«

Honcutt blinzelte enttäuscht. »Du sagst es mir also nicht?«

»Nein. Wir müssen machen, daß wir weiterkommen.«

Ezra erhob sich von dem knarrenden Stuhl, richtete sich in seiner ganzen Größe auf und streckte seinen langen, knochigen Arm aus. Die Muskeln knackten, als er Masons Hand umschloß. »Hat mich gefreut«, brummte er.

»Ganz meinerseits«, erwiderte der Anwalt. »Und vielen Dank für die Hilfe.«

Honcutt sah Della Street an, senkte beschämt den Blick und murmelte: »Gute Nacht, Madam.«

»Gute Nacht«, antwortete Della lächelnd. »Es hat mich gefreut, Sie kennenzulernen. Auch ich danke Ihnen für die Hilfe.« Impulsiv machte sie einen Schritt vor und faßte ihn bei der Hand.

Der Adamsapfel rutschte zweimal auf und nieder, bevor Ezra zwischen den Zähnen »Vielen Dank« hervorpreßte.

»Also, auf später«, sagte Bolton. Als sie draußen waren, wandte er sich an Mason: »Möchten Sie auch noch mit Hy Lovell von der Tankstelle sprechen?«

Mason nickte.

»Okay.«

In Pine Haven fuhr Mason direkt zur Tankstelle. »Bitte, volltanken«, sagte er.

Der junge Mann musterte Mason neugierig, Della Street verstohlen, aber er schwieg.

»Hy«, sagte Bolton, »der Herr möchte dir ein paar Fragen stellen.«

»Bitte.«

»Du sollst dir ein Foto ansehen.«

»Mach' ich.«

»Hast du den Kerl schon mal gesehen?« fragte Bolton, als Mason ihm das Foto zeigte.

Lovell hielt den Benzinschlauch in einer Hand, machte aber keine Anstalten, das Foto in die andere zu nehmen. Er beugte sich lediglich vor, starrte das Bild fünf Sekunden an und widmete sich dann wieder seiner Arbeit.

»Na?« drängte Bolton.

»Ja.«

»Wo?«

»Das ist der Herr, der ein paarmal bei mir tankte und dann zu Gorman Gillett fuhr.«

»Danke«, sagte Bolton.

Mason steckte das Foto wieder ein, während Lovell den Tank zuschraubte. Er prüfte Wasser und Öl, wusch die Windschutzscheibe und sagte dann: »Drei Dollar fünfundachtzig.«

Der Anwalt reichte ihm einen Fünfdollarschein. »Ich habe

keine Zeit, auf das Wechselgeld zu warten«, meinte er lächelnd. »Bin sehr in Eile. Vielen Dank für alles.«

Mason setzte sich hinters Steuer, Della rutschte in die Mitte, und Bolton nahm wieder neben ihr Platz. Sie fuhren los.

»Na, dann muß er es wohl sein«, meinte Bolton.

»Sieht so aus«, pflichtete Mason bei.

»Sie können mich bei meinem Haus absetzen.«

»Mach' ich.«

»Also, gute Nacht«, sagte Bolton, als sie vor dem Bestattungsinstitut angekommen waren.

»Gute Nacht, und vielen Dank für alles«, sagte Mason.

»Nein, ich habe zu danken.«

»Sie haben mich gar nicht gefragt, wer der junge Mann auf dem Foto ist«, konstatierte Mason.

»Stimmt, habe ich nicht. Ich dachte mir, wenn Sie wollten, hätten Sie's mir von allein gesagt. Sie werden schon Ihre Gründe haben. Weshalb sollte ich einen Barzahler durch unnötige Fragen verärgern?«

Mason lächelte. »Ich nehme an, daß Sie das Gesicht morgen in den Zeitungen sehen werden«, sagte er. »Unter uns, ich habe Grund zu der Annahme, daß es sich um Gorman Gilletts Sohn handelt. Aber ich würde Sie bitten, einstweilen darüber zu schweigen.«

Bolton schüttelte den Kopf. »Wenn Sie wollen, daß ich über irgend etwas den Mund halte, dann sagen Sie es mir erst gar nicht. Wenn Sie mir aber etwas erzählen, rede ich auch darüber, wann es mir paßt.«

»Na schön«, meinte Mason grinsend. »Ich habe es Ihnen gesagt.«

Der Leichenbestatter winkte den beiden nach, als Mason auf die Hauptstraße einbog.

»Nun?« fragte Della Street.

»Es sieht so aus, als hätte der Tod in der Familie Gillett zweimal zugeschlagen.«

»Glauben Sie, daß der Enkel in Sicherheit ist?«

»Ich weiß es nicht«, antwortete Mason. »Wir werden uns darum kümmern.«

»Weshalb haben Sie es ihm eigentlich gesagt, Chef?«

»Was?«

»Nun, daß Frankline Gillett Gorman Gilletts Sohn ist?«

»Bolton war zu mir auch offen«, erklärte Mason. »Außerdem wird er es morgen sowieso in den Zeitungen lesen.«

»Apropos Zeitungen«, meinte Della. »Was stand denn Interessantes in der *Saturday Evening Post?*«

»Wie kommen Sie darauf, daß etwas Besonderes drinstand?«

»Sie stutzten, und als Sie sahen, daß Bolton Sie beobachtete, taten Sie, als hätten Sie nichts gesehen. Mir aber können Sie nichts vormachen.«

»Der Artikel, der mir auffiel, handelte von einem Geschäftsmann, der ein Vermögen verdiente, indem er alte Häuser aufkaufte, sie so renovierte, daß die ursprüngliche Atmosphäre gewahrt blieb, der Käufer aber trotzdem nicht auf modernen Komfort verzichten mußte. Und dann verkaufte er sie mit einem Riesenprofit. Der Name dieses Mannes, falls es Sie interessiert, ist ...«

Della senkte die Stimme, um dieselbe Tonlage wie Mason zu erreichen, und wie aus einem Munde sagten beide: »George Belding Baxter.«

Mason grinste. Della lachte laut auf.

»Immer noch einen Schritt der Polizei voraus«, frohlockte Mason. »Und jetzt wollen wir Paul Drake die Fingerabdrücke geben. Ich bin neugierig, was wir dann erfahren.«

11

Mason schloß die Tür seines Privatbüros auf, warf die Morgenzeitung auf den Schreibtisch, und rief: »Hallo, Della, wie lange sind Sie denn schon hier?«

»Eine Viertelstunde oder zwanzig Minuten.«

»Haben Sie etwas von Paul Drake gehört?«

Sie nickte. »Er hat eine Reihe von Neuigkeiten und wartet schon auf Sie.«

»Wie geht es ihm?«

»Miserabel«, erwiderte Della lachend. »Er war die halbe Nacht auf und hat sich an alten Hamburgern und lauwarmem Kaffee den Magen verdorben.«

»Der gute, alte Paul«, meinte Mason. »Dann sagen Sie ihm, daß er herüberkommen soll. Mal sehen, was er hat.«

Della erledigte den Anruf, und es dauerte nicht lange, bis Drakes Klopfzeichen an der Tür erklang.

Della ließ ihn herein.

Drake sah Mason aus übernächtigten Augen an: »Du hast ja da oben in Pine Haven einen ganz schönen Wirbel gemacht, Perry.«

»Weshalb?«

»Leutnant Tragg ist wie eine Rakete hinaufgeschossen.«

»Er sucht also dort einen Hinweis?«

»Er will herauskriegen, was du dort zu suchen hattest«, antwortete Drake.

Mason grinste. »Solange er immer hinter mir her rennt und nicht umgekehrt, ist alles in Butter. Was ist aus den Fingerabdrücken geworden, die ich heute nacht in deinem Büro abgegeben habe?«

»Von wem stammen sie?« wollte Drake wissen.

Mason schüttelte den Kopf. »Neugierig, Paul? Du solltest aber keine Fragen stellen, deren Antworten dir Unannehmlichkeiten bringen könnten.«

»Na ja, ich habe einen Fingerabdruck-Experten eingeschaltet«, berichtete der Detektiv. »Er hat sie klassifiziert und sich mit einem befreundeten Polizeichef in der Provinz in Verbindung gesetzt. Dieser wiederum hat sie an das FBI geschickt.«

»Hast du schon Bescheid?«

»Noch nicht, aber er müßte jeden Moment kommen. Sage mir nur eines, Perry: Diese Abdrücke waren doch nicht etwa von ...«

Drake hielt mitten im Satz inne.

»Ja?« drängte Mason.

»Ich glaube, ich will es doch nicht wissen. Aber ich habe meinerseits Neuigkeiten für dich. Die Polizei hat den Revolver untersucht. Im Grunde genommen hätte sie es sich sparen können. Die Waffe wurde von George Belding Baxter gekauft. Er hat sie vor zwei Wochen seiner Haushälterin gegeben.«

»Wie heißt sie?«

»Minnie Crowder.«

»Am Mordabend hatte sie frei, nicht wahr?«

»Ja.«

»Und was hat sie mit dem Revolver gemacht?«

»Baxter gab ihn ihr vor vierzehn Tagen. Vor etwa einer Woche hat sie ihn aus ihrer Manteltasche verloren. Sie hatte Angst, es Baxter zu sagen, weil er ihn ihr sowieso nicht gern gegeben hatte. Er meinte, am Schluß würde sie ihn bloß verlieren, und er wäre dann auf seinen Namen registriert. Jemand könnte ihn finden und ein Verbrechen damit verbüßen. Das sei zu gefährlich.«

Mason nickte. »Was geschah weiter?«

»Das weiß niemand. Sie verlor die Waffe, als sie spazierenging und ihren Mantel über dem Arm trug.«

»War es die Mordwaffe?«

»Offiziell hat man es noch nicht bekanntgegeben«, entgegnete Drake. »Aber die Chancen stehen hundert zu eins, daß es so ist.«

»Ich werde ein wenig Dampf dahinter machen und auf eine Voruntersuchung drängen«, sagte Mason. »Vor allem werde ich Zeugenvorladungen verschicken. George Baxter wird als Zeuge der Verteidigung auftreten.«

»Das kannst du doch nicht machen, Perry.«

»Warum denn nicht?«

»Mein Gott, überleg' doch mal. Baxter ist Multimillionär. Er hat seine Hände überall drin. Er will nach Honolulu fliegen.«

»Wenn er meine Vorladung hat, wird er eben hierbleiben.«

»Dann wird er Lärm schlagen.«

»Setze einen Mann auf ihn an«, bat Mason. »Ich möchte, daß er ab sofort beobachtet wird, damit wir wissen, wo er steckt, wenn wir die Vorladung überreichen wollen. Aber er darf nicht merken, daß er beschattet wird, hörst du, Paul? Außerdem möchte ich dieser Minnie Crowder, der Haushälterin, eine Vorladung schicken. Und wie heißt der Verwalter?«

»Corley Ketchum.«

»Okay, der bekommt auch eine«, sagte Mason. »Welche Theorie hat die Polizei jetzt, Paul?«

»Weiß der Himmel, was die im Augenblick denken«, gab Drake zur Antwort. »Bisher glaubten sie, daß Gillett und Gwynn Elston sich zu einer Aussprache getroffen hätten und aus irgendwelchen Gründen auf Baxters Anwesen kamen, wo sie ihn dann erschoß. Man ist überzeugt, daß sie einen Komplicen hatte.«

»Das war die erste Theorie«, sagte Mason. »Halten sie noch daran fest?«

»Keine Ahnung.« Drake zuckte mit den Schultern. »Wenn Gwynn Elston nur irgendeine überzeugende Geschichte erzählen würde, glaube ich, ließe man sie frei.«

»Aber nur, um sie später vor die Grandjury zu zerren«, fügte Mason grimmig hinzu.

»Die Tatsache, daß sie jede Aussage verweigert, hat ihr nicht gerade die Sympathien der Öffentlichkeit eingebracht«, meinte Drake. »Alle halten sie für schuldig, weil sie schweigt.«

»Mir ist vollkommen schnuppe, was die Leute glauben«, sagte Mason. »Was zählt, ist die Ansicht der Geschworenen. Was ist nun mit dem Mann, der draußen vor Baxters Einfahrt geparkt hatte ...«

Drake unterbrach den Anwalt kopfschüttelnd. »Ich sagte dir doch, den Mann gibt es nicht, Perry. Allerdings hatte sie einen Begleiter bei sich, als sie zur Tankstelle fuhr. Er erkundigte sich nach der Herrentoilette und verschwand.«

»Und ließ Gwynn Elston mit einem heißen Revolver zurück«, vollendete Mason.

»Das behauptet sie«, meinte Drake. »Hältst du das angesichts des Beweismaterials noch für möglich, Perry?«

»Ich weiß es nicht.«

»Du wärst auch tatsächlich der einzige, der das glaubt.«

»Also ist es an mir«, meinte Mason, »dafür zu sorgen, daß die anderen das gleiche glauben.«

»Welche anderen Leute?«

»Die zukünftigen Geschworenen.«

»Und wie willst du das anstellen?«

»Ganz einfach. Du versorgst mich weiter mit Tatsachen«, erwiderte der Anwalt, »und ich werde sie so verrühren und mit einer kleinen Theorie würzen, daß wir vielleicht einen feinen Kuchen daraus backen können.«

»Sei nur vorsichtig, daß du dir nicht die Finger daran verbrennst«, warnte Drake.

»Ich werde mich hüten. Mach dich an die Arbeit, Paul. Setze einen Mann auf Baxter an, damit wir jeweils wissen, wo er steckt. Ich will...«

Der Anwalt brach ab, als das Telefon läutete.

Della Street nahm den Hörer. Dann gab sie Drake ein Zeichen. »Ihr Büro für Sie, Paul.«

Drake ging ans Telefon. »Hallo? Ja. Wiederhole das bitte... gut. Wie war der Name? Della, würden Sie es bitte für mich aufschreiben? Wie? Buchstabiere mal... ach, Quatsch! Das wissen wir doch schon.«

Eine Weile schwieg Drake und hörte nur zu. »Bist du sicher?« fragte er dann. »Komisch. Wer war der andere? Collington Halsey? H-a-l-s-e-y ? Gut, hab' ich. Und der Vorname? C-o-l-l-i-n-g-t-o-n... gut. Wo war das? Wann? Gut, ja, verstanden... kein Versuch, den Namen zu ändern, wie? Okay, danke.«

Drake legte auf. »Die Fingerabdrücke stammen von Gorman Gillett«, berichtete er. »Er hat sieben Jahre in Fort Madison gesessen. Schwerer Raubüberfall.«

»Wann war das?«

»Vor zwanzig Jahren.«

»Wie war der andere Name?« fragte Mason.

»Collington Halsey. Er war Gilletts Komplice. Halsey und Gillett konnten entkommen, aber Gorman Gillett wurde später gefaßt, während man nach Halsey heute noch fahndet. Das FBI war ganz aufgeregt, als die Beamten Gilletts Fingerabdrücke bekamen. Die Burschen wollen wissen, wo er steckt, weil man vermutet, daß er vielleicht noch Verbindung zu Halsey hat. Halsey wird als Zeuge in einem Mordfall gesucht.«

»Selbst wenn Gorman wüßte, wo Halsey steckt«, meinte Mason, »müßte er diese Information doch für sich behalten, denn er ...«

»Heraus damit. Was ist dir da plötzlich eingefallen?« fragte Drake, als Mason nicht weitersprach.

»Nur so eine Idee«, wich Mason aus. »Eine ganz vage Idee.«

»Nichts für mich, he?«

Mason schüttelte den Kopf. »Nein. Schick deinen Mann los, Paul. Laß mir Baxter beschatten, bis ich die Vorladung für ihn habe. Beeil dich.«

»Das FBI ist wegen Gorman Gillett völlig aus dem Häuschen«, gab Drake zu bedenken.

»Sag den Burschen, sie können einen Kranz zur Beerdigung schicken.«

»Mach doch keine Witze, Perry. Der Beamte, dem die Abdrücke geschickt wurden, besteht auf Informationen.«

»Die bekommt er bis Mittag sowieso«, tröstete ihn Mason. »Tragg wird da oben in Pine Haven als erstes Gilletts Abdrücke an das FBI schicken.«

»Weshalb hast du sie dem Toten eigentlich abgenommen?«

»Nur für alle Fälle«, antwortete Mason grinsend. »Also los, Paul, mach dich auf den Weg.«

Nachdem der Detektiv das Büro verlassen hatte, fragte Della: »Darf ich einmal raten, wer Ihnen da eingefallen ist?«

»Sicher dürfen Sie das.«

»George Belding Baxter«, sagte Della.

Mason nickte. »Ich gebe zu, daß es eine an Haaren herbeigezogene Theorie ist«, antwortete er. »Aber wir werden ihr trotzdem nachgehen. Gorman Gillett war ein Komplice Collington Halseys sei einem Raubüberfall. Gillett kam ins Zuchthaus, aber Halsey konnte verschwinden, und keiner fand je wieder eine Spur von ihm. Was schließen Sie daraus?«

»Das müssen Sie mir schon verraten«, erwiderte Della.

»Für mich bedeutet es folgendes: Halsey hat ganz von vorn angefangen, hat sich von der Unterwelt und den krummen Touren zurückgezogen und sich eine Stellung geschaffen, in der ihn niemand zu verdächtigen wagt.«

»Wieso glauben Sie das?«

»Ganz einfach: Die Polizei hatte seine Abdrücke, ist ihnen aber nie wieder begegnet. Bei den meisten anderen, die schon mit der Polizei zu tun hatten, tauchen die Abdrücke früher oder später wieder auf.«

»Meine nicht«, widersprach Della.

»Sie sind ja auch nicht kriminell. Aber jeder Kriminelle wird ab und zu mal aufgegriffen und registriert, seine Abdrücke kann die Polizei im Auge behalten. Halsey jedoch verstand es, sich vollkommen in Luft aufzulösen.«

»Sieht so aus.«

»Also, Gillett sitzt seine Zeit ab, und nach der Entlassung sagt er dem Verbrechertum endgültig ade. Er nimmt sich eine kleine Gebirgshütte und lebt von einem Sack Mehl, einem bißchen Wild und was er sonst braucht. Aber eines Tages schlägt er die *Saturday Evening Post* auf und sieht ein Bild von George Belding Baxter, dem Multimillionär.«

Della nickte.

»Angenommen, er erkennt in ihm Collington Halsey?«

»Meinen Sie, daß sich Gillett mit Baxter in Verbindung gesetzt hat?«

»Weshalb denn nicht?«

»Weil er offenbar nichts profitiert hat.«

»Vielleicht wollte er gar nicht viel«, antwortete Mason. »Er war längst soweit, daß ihn ein Sack Mehl, ein bißchen Kaffee und Speck glücklich machten.«

»Und weiter?«

»Gilletts Sohn könnte die Geschichte erfahren haben. Frankline war zwar nicht unbedingt stolz auf seinen Vater, besuchte aber den Alten trotzdem hin und wieder. Er begann, sich Gedanken über den Lebensunterhalt seines Vaters zu machen und wurde ganz plötzlich der besorgte Sohn. Das allerdings nur zu dem Zweck, um zu erfahren, wo das Geld herkam.«

»Also jetzt«, sagte Della, »fängt es an, interessant zu werden.«

»Die Situation ist wirklich interessant«, meinte Mason. »Der Sohn fand heraus, daß Baxter in Wirklichkeit Collington Halsey war und begann ab dato, ein Doppelleben zu führen. Er machte sich der Bigamie schuldig. Seine beiden Frauen hatten keine Ahnung, womit er sein Geld verdiente. Er ließ sich nicht mit ihnen gemeinsam besteuern, schöpfte aber fleißig den Rahm ab.«

»Und dann?«

»Dann kommt plötzlich der Tod ins Spiel«, überlegte Mason. »Sohn und Vater sterben innerhalb von achtundvierzig Stunden. Baxter hat es nun plötzlich sehr eilig, aus dem Land zu verschwinden. Er will sich nicht der Gefahr aussetzen, daß jemand aus Routine seine Fingerabdrücke zu Vergleichszwekken nimmt, weil in seinem ganzen Haus nach Abdrücken gesucht wird.«

»Und jetzt wollen Sie ihm eine Zeugenvorladung schicken«, sagte Della.

Mason grinste nur.

»Das kann gefährlich werden, Chef«, warnte Della. »Eines schönen Tages bekommen Sie auch noch einen Herzinfarkt.«

Mason lachte. »Ich werde mich tunlichst nicht in Dr. Ewald Carvers Hände geben«, meinte er. »Aber falls ich nach längerem Verschwinden tot wieder auftauche, bestehen Sie wenigstens darauf, daß man meine Leiche obduziert... verdammt, warum habe ich bloß die *Saturday Evening Post* nicht aus Gilletts Hütte mitgehen heißen!«

»Glauben Sie, daß Tragg schon oben ist?« fragte Della.

»Wenn nicht, muß er jede Minute dort auftauchen«, antwortete Mason. »Sobald er die Zeitung findet, wird er sich zumindest Gedanken machen.«

»Und wenn wir sie uns jetzt noch besorgen?« schlug Della vor.

»Das geht nicht. Inzwischen kann das Blatt zu Beweismaterial geworden sein.«

»Was könnten wir sonst noch tun?«

»Wir müßten es etwas weniger verdächtig anstellen«, antwortete Mason und runzelte nachdenklich die Stirn.

»Chef, Sie sind doch Bargeldkunde«, erinnerte Della.

Ein Lächeln machte sich auf Masons Gesicht breit. »Na klar, Della. Verbinden Sie mich also mit Manny G. Bolton in Pine Haven.«

Della stellte die Verbindung her. Einen Augenblick später nickte sie Mason zu.

»Guten Morgen, Mr. Bolton«, meldete sich der Anwalt. »Wie geht's Ihnen heute?«

»Fein. Sehr gut sogar«, antwortete der Leichenbestatter.

»Gibt's was Neues?«

»Nicht mehr als gestern abend.«

»Wissen Sie was, Bolton«, meinte Mason, »ich habe mir die ganze Zeit über den armen, alten Gorman Gedanken gemacht.«

»Ja und?«

»Sie wissen doch, daß Menschen oft schrullig werden, wenn sie einsam sind, nicht?«

»Ja, ja, ich höre«, meinte Bolton. »Sprechen Sie ruhig weiter.«

»Nun ja«, fuhr Mason fort, »ich möchte nicht gern, daß die Leute denken, ein Verwandter von mir hätte nichts weiter als Schundheftchen gelesen. Das macht doch einen schlechten Eindruck, selbst wenn es nur ein ganz entfernter Verwandter ist.«

»Und? Nun sagen Sie schon, was Sie wollen, Mr. Mason. Sie sind schließlich Barzahler.«

»Man soll von Gorman Gillett nicht denken, er sei so beschränkt gewesen, daß er ...«

»Also, Sie wollen, daß ich hinfahre und das Zeug verbrenne«, unterbrach ihn Bolton.

»Nein, nein, das natürlich nicht«, antwortete Mason. »Aber ... nun ja, bei Ihnen liegen doch sicher ein paar alte Zeitungen und Zeitschriften herum, oder? Sie sagten doch, Ihre Frau interessiere sich für Reiseberichte?«

»Und wie. Wir haben ganze Stöße davon.«

»Wie wär's, wenn Sie ein paar zwischen Gilletts Kriminalgeschichten mischten?«

»Soll ich keine von oben mitnehmen?«

»Nein«, antwortete Mason. »Das halte ich nicht für erforderlich. Wir wollen nur den Eindruck erwecken, daß Onkel Gorman auch andere Lektüre mochte, nicht nur solche über Mord und Totschlag.«

»Onkel Gorman, he?«

»Ach, das war nur so hingesagt.«

»Verstehe, Mr. Mason. Also gut, ich bringe die Zeitschriften gleich hinauf.«

»Jetzt sofort?«

»Ja.«

»Übrigens, Bolton«, fügte Mason hinzu, »es besteht keine Notwendigkeit, daß Sie sich daran erinnern, welche Magazine Sie hingebracht haben.«

»Nur keine Sorge, Mr. Mason«, meinte Bolton. »Ich muß wirklich sagen, Sie würden gut zu uns hier oben passen. Sicher würden Sie sich bei uns wohlfühlen. Und für Fleisch müßten Sie auch nicht viel Geld anlegen.«

»Ein faszinierender Gedanke«, versicherte Mason.

»Na ja, ich wollte damit nur zum Ausdruck bringen, daß wir hier verständnisvolle Leute zu schätzen wissen«, meinte Bolton.

»Nett von Ihnen. Ich komme Sie bald mal wieder besuchen.«

Mason legte auf.

Della Street hatte nervös zugehört. »Ist das nicht strafbar?« fragte sie.

»Was ist strafbar?«

»Nun ja, ich meine, Beweismaterial einzuschmuggeln oder so.«

»Beweismaterial wofür?«

»Wenn man alte Zeitungen ...«

Mason schüttelte den Kopf. »Ich kenne kein Gesetz, das einem verbietet, alte Zeitungen in die Wohnung eines Mannes zu legen, der am Herzinfarkt gestorben ist. Vergessen Sie bitte nicht, daß auf dem Totenschein Herzinfarkt steht. Da ist nichts faul.«

»Aber Sie haben durch Ihre Manipulation das Augenmerk der Polizei von der *Saturday Evening Post* abgelenkt.«

»Und das soll ein Verbrechen sein?«

»Ich weiß nicht«, sagte sie. »Ich meine ja nur —«

Mason zwinkerte ihr zu. »Wir halten unseren Vorsprung vor der Polizei, weiter nichts; das ist ein großartiges Gefühl, Della. Sonst hinken wir immer hinter der Polizei her, und sie gibt uns auch nicht den kleinsten Tip.«

»Aber angenommen, Bolton plaudert aus, daß er Zeitungen hinaufgeschafft hat?«

»Ich wollte eben nicht, daß nur Schundheftchen dort herumliegen«, antwortete Mason. »Wenn sich Bolton an jedes einzelne Magazin erinnerte, das er hinaufbrachte, wäre es schlecht. Aber das dürfte er kaum, und Tragg wird sich auf der Suche nach einem Hinweis durch einen zusammengewürfelten Wust Papier lesen müssen.«

Della seufzte. »Na schön, Sie sind schließlich Barzahler.«

»Bin ich«, antwortete Mason. »Und jetzt müssen wir uns die Fingerabdrücke von Collington Halsey besorgen und einen glaubhaften Vorwand erfinden, der uns zu wenigstens einem guten Abdruck von George Belding Baxter verhilft.«

»Wie wär's mit einem Verkehrsunfall?« schlug Della vor. »Dann könnten wir uns seinen Führerschein ansehen.«

»Keine schlechte Idee, aber es könnte ihn mißtrauisch machen. Er soll mir seine Abdrücke ohne sein Wissen hinterlassen.«

»Wie wollen Sie das anstellen?«

»Wenn ich doch mein Zigarettenetui zurück hätte«, seufzte Mason. »Della, springen Sie hinunter in den Juwelierladen, und besorgen Sie uns ein paar polierte Zigarettenhalter aus Silber und zwei schöne, große Tischfeuerzeuge. Wischen Sie sie mit einem Leder blitzblank.«

»Und dann?«

»Dann lassen wir eine Garnitur davon im Vorzimmer herumstehen und die zweite hier auf dem Tisch.«

»Glauben Sie ernsthaft, daß Baxter zu Ihnen kommt?«

»Und wie er kommen wird«, versicherte Mason. »Sowie er die Zeugenvorladung hat, und das wird gegen Mittag sein, wird er in meine Kanzlei stürmen.«

»Und bei dieser Gelegenheit seine Fingerabdrücke hinterlassen?«

Mason nickte.

»Sie mögen zwar der Polizei einen Schritt voraus sein, Chef«, meinte Della, »aber wer weiß, wohin dieser Schritt Sie bringt? Hoffentlich wissen Sie, was Sie da tun. – Wieviel darf ich für das Silberzeug ausgeben?«

»Das überlasse ich Ihnen. Hauptsache, es sieht teuer und einladend aus. Besorgen Sie sich einen feinen Lederlappen, und polieren Sie tüchtig. Die Sachen dürfen keinen einzigen Fingerabdruck tragen, wenn Sie sie aufstellen.«

12

Es war fünfundzwanzig Minuten nach drei, als die Telefonistin dreimal kurz hintereinander auf die Klingel drückte: das verabredete Warnzeichen.

Perry Mason grinste Della an. »Also ist uns die Maus in die Falle gegangen«, meinte er. »Baxter sitzt im Vorzimmer. Bitte, sagen Sie ihm, daß ich im Augenblick zu tun habe, jedoch versuchen will, das Gespräch mit ihm dazwischenzuschieben. Und denken Sie daran, ihn in die Nähe des Zigarettenhalters und des Feuerzeugs zu setzen. Gertie soll zweimal klingeln, wenn er eines von beiden berührt hat.«

»Geht klar, Gertie weiß Bescheid. In dieser Beziehung kann man sich auf sie verlassen. Nichts liebt sie mehr als eine kleine Intrige.«

Della ging ins Vorzimmer, blieb einige Minuten, kam zurück und stöhnte. »Au weia, ist der aber geladen«, sagte sie. »Ich hatte die größte Mühe, ihn zum Hinsetzen zu bewegen. Er lief wie ein Löwe auf und ab. Ich dachte schon, er würde einfach zu Ihnen hineinstürmen.«

»Aber jetzt sitzt er?«

»Ja.«

»Nervös?«

»Nervös, wütend – einfach stocksauer.«

»Wunderbar. Nervöse Leute können ihre Hände nicht stillhalten.«

Es klingelte zweimal kurz hintereinander.

Mason grinste. »Na, was habe ich gesagt? Bitten Sie ihn herein, Della. Gertie soll inzwischen ein Stück Pappe unter die beiden Sachen schieben, sie damit wegstellen und Paul Drake Bescheid geben. Er veranlaßt dann alles Weitere.«

Della Street nickte, verließ das Büro und kam wenige Augenblicke später mit einem gewichtigen Mittfünfziger zurück. Er drängte sich sofort an Della vorbei. »Mason«, rief er aufgebracht, »ich heiße George Belding Baxter. Was zum Teufel fällt Ihnen ein, mir diesen Wisch zu schicken?« Damit knallte er ein Formular auf Masons Schreibtisch.

Der Anwalt war aufgestanden, lächelte und sagte: »All right, Baxter, ich heiße Mason. Was zum Teufel fällt Ihnen ein, so in mein Büro zu stürmen?«

»Ich bin wütend.«

»Wenn Sie noch lange wütend bleiben wollen, muß ich Sie ersuchen, sich draußen abzukühlen. Wenn Sie aber gekommen sind, um mir etwas zu sagen, dann setzen Sie sich und sagen Sie es.«

»Und was ich Ihnen alles zu sagen habe!«

»Dann nehmen Sie doch bitte Platz.«

»Ich kann das auch im Stehen erledigen.«

»Meinetwegen. Ich kann auch im Stehen zuhören«, antwortete Mason. »Sie haben also eine Zeugenvorladung von mir erhalten, weil ich Sie gern als Zeuge der Verteidigung benennen möchte.«

»Ich weiß über den verdammten Fall nichts, aber auch gar nichts.«

Mason setzte sich, zog einen Stapel Akten zu sich heran und begann zu lesen. Baxters letzte Bemerkung schien er überhört zu haben.

Einen Augenblick blieb Baxter unentschlossen stehen, dann machte er zwei Schritte auf Masons Schreibtisch zu: »Damit kommen Sie nicht durch, verstanden?«

Mason sah nicht auf.

Nervös fingerte Baxter an Masons Feuerzeug herum, als plane er, es gegebenenfalls als Wurfgeschoß zu benutzen.

Mason las seelenruhig weiter.

»Ich fliege nach Honolulu«, schnaubte Baxter.

»Wie schön«, meinte Mason.

»Heute abend.«

»Gute Reise. Sie müssen nur rechtzeitig zur ersten Verhandlung wieder hier sein«, erwiderte Mason.

»Worauf zum Donnerwetter wollen Sie eigentlich hinaus?« fuhr Baxter auf. »Ich weiß nichts, was für Sie oder Ihre Klientin von Wert sein könnte. Ich habe diese Gwynn Elston nie gesehen. Auch den Ermordeten kenne ich nicht. Zugegeben, der Mord geschah auf meinem Grundstück, aber auch das weiß ich nur, weil man es mir erzählte.«

»Und wie steht's mit dem Revolver?«

»Den habe ich gekauft, darüber besteht kein Zweifel.«

»Dann können Sie es mir vor Gericht bestätigen.«

»Das ist völlig überflüssig, darüber geben die Unterlagen Auskunft. Ich habe schließlich beim Kauf der Waffe meine Unterschrift geleistet.«

»Das macht es so interessant.«

»Hören Sie, Mason«, fuhr Baxter fort, »ich bin lediglich gekommen, um Ihnen zu sagen, daß ich meine Reise nach Honolulu nicht verschieben kann.«

»Dann kommen Sie rechtzeitig zur Verhandlung zurück.«

»Geht nicht. Ich kann nicht hinfliegen, mich mal um mich selber drehen und sofort wieder kehrtmachen.«

»Dann bleiben Sie hier.«

»Jetzt spitzen Sie mal die Ohren«, sagte Baxter. »Bisher hab' ich's mit der weichen Welle versucht, weil Sie Perry Mason sind. Aber Sie können mich auch anders kennenlernen. Für mich arbeitet ein ganzes Bataillon von Rechtsanwälten, die kennen die Gesetze genausogut wie Sie oder sogar besser. Sie haben mich, weiß Gott weshalb, zum Zeugen geladen, einzig und allein mit der Absicht, mir Scherereien zu machen. Meine Aussage ist Ihnen gar nicht so wichtig. Das ist Schikane! Meine Anwälte haben mir geraten, Ihnen die Umstände zu schildern und zu verlangen, daß Sie die Vorladung zurückziehen. Ich halte mich ganz an ihren Rat.«

»Sie haben mir die Umstände geschildert«, meinte Mason, »und ich ziehe nichts zurück.«

»Wie Sie wollen, Mason. Damit haben meine Anwälte schon gerechnet. Jetzt werde ich dafür sorgen, daß sie was zu tun bekommen für ihr Gehalt.«

Er drehte sich auf dem Absatz um und marschierte hinaus.

Mason nahm den Telefonhörer auf. »Haben Sie Paul Drake erreicht, Gertie?«

»Ja, er arbeitet hier mit seinem Fingerabdruckfachmann.«

»Er soll gleich zu mir kommen, wenn er fertig ist«, sagte Mason. »Ich habe noch mehr Abdrücke.«

Ein paar Minuten später führte Della Paul Drake und einen schlanken, nervös wirkenden Mann ins Zimmer.

»Perry, das ist Stan Doyle«, machte Drake bekannt. »Er ist einer der besten Daktyloskopen, die ich kenne. Hast du hier noch mehr Abdrücke?«

Mason schüttelte dem anderen die Hand und deutete dann auf das Feuerzeug. »Sie dürften gut ausgefallen sein.«

Doyle sah sich das Feuerzeug an, dann holte er eine kleine Flasche und einen Pinsel aus der Tasche. Er bestrich die glänzende Oberfläche mit Puder. Fast sofort wurden mit überraschender Deutlichkeit Fingerabdrücke sichtbar.

»Die sind ja wirklich ausgezeichnet«, meinte Doyle.

»Was tun wir jetzt?« fragte Mason.

»Wir bringen die Sachen in Pauls Büro und fotografieren sie.«

»Und dann?«

»Wir haben doch die Prints vom FBI«, sagte Drake. »Du kannst von mir in zehn Minuten Bescheid haben, ob dein Mann Mr. X ist oder nicht.«

»Genau das möchte ich«, sagte Mason. »Ich muß sichergehen. Und ich brauche Beweise.«

»Wir können noch ein übriges tun«, fügte Doyle hinzu. »Ich glaube, wir haben genügend Abdrücke hier, um sie gemeinsam mit denen vom Vorzimmer klassifizieren zu können.«

»Mir ist alles recht, wenn es nur schnell geht«, meinte Mason. »Ich vermute nämlich, daß der Mann, der gerade bei mir war, nicht lange fackeln wird.«

Doyle schob Pappe unter Feuerzeug und Zigarettenhalter. »Gut, Paul«, sagte er, »gehen wir zu dir.« Zu Mason gewandt, fügte er hinzu: »Es würde Zeit sparen, wenn wir die Abdrücke abziehen könnten, anstatt sie bloß zu fotografieren.«

»Nein, dann verlieren wir den Vorteil, sie am ursprünglichen Ort vorweisen zu können«, meinte Mason. »Fotografieren Sie sie nur, und vergleichen Sie sie mit denen, die Paul von Mr. X hat.«

Als die beiden Männer gegangen waren, fragte Della: »Was passiert, wenn das eine Fehlkalkulation war, Chef?«

»Eine ganze Menge«, gab der Anwalt grinsend zur Antwort. »Wir spielen hoch, aber ich glaube, wir haben auf das richtige Pferd gesetzt. Der ganze Hintergrund dieses Falles fügt sich in ein bestimmtes Muster.«

»Das schon«, antwortete Della, »aber es sind leider alles nur Indizien.«

»Indizien sind mitunter noch unsere besten Beweise«, sagte Mason. »Nur verraten wir das gewöhnlich den Geschworenen nicht.«

Mason war strahlendster Laune.

Als das Telefon klingelte, meldete sich Della. »Ja, Gertie?« Dann drehte sie sich zu Mason um. »Baxter arbeitet schneller, als ich dachte, Chef. Draußen ist ein Justizbeamter, der Ihnen einige Unterlagen zustellen will.«

»Soll hereinkommen.«

Della Street ging hinaus und kam mit dem Justizbeamten wieder zurück.

»Vielen Dank, daß Sie mich gleich empfangen, Mr. Mason«, sagte der Mann. »Sie wissen gar nicht, wie viele Leute ihren Ärger an uns Zustellungsbeamten auslassen. Aber wir tun nur unsere Pflicht.«

»Sicher, sicher«, meinte Mason. »Was bringen Sie denn Schönes?«

»Einen Antrag von George Belding Baxter, seine Zeugenvorladung zu annullieren, und eine Zivilklage gegen Sie auf Schadenersatz in Höhe von einhunderttausend Dollar, weil Sie ihn böswillig bei der Ausübung seiner Geschäfte behindern.«

»Was Baxter macht, macht er ganz«, sagte Mason, »das muß man ihm lassen. Ich vermute, er hat Sie schon vor dem Haus mit diesen Papieren warten lassen?«

Der Mann nickte. »Ja, ich glaube, ich wurde sozusagen in Reserve gehalten. Ich sollte bei den Aufzügen unten warten.«

»Gut. Sie haben mir die Schriftsätze also zugestellt. Vielen Dank.«

Der Bote verschwand wieder, und Mason las die Schriftsätze durch.

»Baxter schlägt sich mit allen Mitteln«, sagte er. »Dieser Schadenersatzanspruch über hunderttausend Dollar soll mir Angst einjagen und mich in die Defensive drängen. Aber warten Sie nur, Della, bis ich ihm den Kampf ansage.«

Zehn Minuten später klingelte das Telefon mit der Geheimnummer.

»Oh, schon Paul«, meinte Mason. »Das ging ja schneller, als ich dachte.«

Drakes Stimme klang sehr besorgt. »Hör zu, Perry, noch vor dem Fotografieren habe ich mir die Abdrücke unter der Lupe angesehen. Ich kann dir vorweg sagen, du verbellst den Falschen. George Belding Baxter ist nicht Collington Halsey.«

Mason verdaute diesen Tiefschlag schweigend.

»Hast du gehört«? drängte Drake.

»Nur zu gut«, antwortete Mason. »Doyle soll die Prints klassifizieren. Wenn Baxter nicht Halsey ist, dann müssen wir herauskriegen, wer sonst, zum Teufel.«

Mason legte auf.

»Es hat nicht geklappt?« Dellas Stimme verriet Angst.

Mason schüttelte den Kopf. »Nein, noch nicht.«

»Und wohin bringt Sie das?«

»Wahrscheinlich in Teufels Küche. Verflixt, Della, ich kann mich nicht geirrt haben. Zu vieles deutet in diese Richtung. Wenn ich nicht wüßte, daß es unmöglich ist, würde ich sagen, der Kerl hat sich neue Fingerkuppen machen lassen.«

»Wenn ich es überlege«, sinnierte Della, »schien er fast zu glatt in unsere Falle zu gehen. Er hat die Sachen gar zu bereitwillig angefaßt.«

Mason runzelte die Stirn. »Ich frage mich, ob – mein Gott, Della, halten Sie es für möglich, daß er smart genug war, unsere Taktik zu ahnen? Daß er sich die ganze Zeit ins Fäustchen lachte, weil wir ihm die Grundlage zu einer prächtigen Schadenersatzklage lieferten?«

»Ein Rätselonkel im Haus genügt«, antwortete Della.

Mason lächelte gequält. »Na ja«, meinte er, »und für heute hat er sein Soll an Schnitzern erfüllt.«

13

Als Mason und Della vom Abendessen zurückkehrten, schauten sie noch bei Paul Drake vorbei. »Welche Hiobsbotschaft hast du diesmal«? fragte Mason.

»Eine ganze Auswahl«, antwortete der Detektiv. »Wir haben die Abdrücke klassifiziert und an das FBI gefunkt. Eben ist die Antwort eingegangen: George Belding Baxters Abdrücke liegen dort nicht vor. Er ist ein unbeschriebenes Blatt.«

Mason brütete schweigend über dieser Enttäuschung.

»Überdies haben die Zeitungen seine Kampagne gegen dich aufgegriffen«, fuhr Drake fort. »Baxter hat in mehreren Interviews angekündigt, daß er es sich notfalls eine Million kosten lassen will, wenn er dir beweisen kann, daß man eine Zeugenvorladung nicht zum persönlichen Vorteil mißbrauchen darf, daß du ihn schikanierst, daß er keinerlei Informationen im Mordfall Gillett beizusteuern vermag und daß er durch die Sabotage seiner Geschäftsreise einen hohen Schaden erleidet. Dafür will er dich persönlich haftbar machen.«

»Hört sich nett an«, meinte Mason.

»Deine Nerven möchte ich haben. Perry, kann er das wirklich?«

»Was?«

»Na, dich persönlich haftbar machen.«

»Das kommt darauf an.«

»Worauf?«

»Auf eine ganze Reihe von Dingen. Was ich nicht verstehen kann, Paul: Womit halten sie die Anklage gegen Gwynn Elston aufrecht? Sie haben nicht genug Material für einen Mordprozeß.«

»Wart's ab«, sagte Drake, »das ist der zweite Tiefschlag, den ich dir versetzen muß. Inzwischen liegt das Gutachten des Ballistikers vor. Frankline Gillett starb durch einen Schuß aus eben dem Revolver, der ins Gebüsch geworfen wurde. Darüber besteht kein Zweifel.«

»Deswegen muß noch lange nicht Gwynn Elston geschossen haben.«

»Inzwischen hat sie sich aber entschlossen, den Mund aufzumachen.«

»Was hat sie gesagt?«

»Na, die ganze Geschichte hat sie ihnen hergebetet.«

Mason kniff die Augen zusammen. »Von dem Mann, der eine Autopanne hatte und ihr den Revolver in den Schoß warf?«

Drake nickte.

»Und ich hatte so gehofft, daß sie durchhalten würde«, sagte Mason enttäuscht.

»Du kennst doch die Tricks der Polizei, Perry. Untersuchungshaft ist keine schöne Sache. Man hat ihr gesagt, daß sie nur festgehalten würde, weil sie nicht aussagen wolle; wenn man aber ihre Version erführe und überprüfen könnte, käme sie sofort auf freien Fuß.«

»Da hat sie ausgepackt«, meinte Mason, »und natürlich keinen Glauben gefunden.«

»Es ist eigenartig, Perry. Die Polizei hat noch keine Presseverlautbarung über Gwynns Aussage herausgegeben, aber Abgüsse der Reifen- und Fußspuren am Tatort gemacht. Das Reifenprofil stimmt mit dem auf Gwynns Wagen überein, ihre Schuhe mit den Fußtapfen rund um die Leiche. Andere Abdrücke als ihre haben sie nirgends gefunden.«

»Das heißt, wir müssen unbedingt den Mann auftreiben, der ihr den Revolver gab, Paul.«

»Den haben sie schon.«

»Sie haben den Kriminalbeamten?«

»Von wegen Beamter. Es war Frankline Gillett selber, der ihr den Revolver gab.«

»Wie kamen Sie denn auf den?«

»Vor etwa einer Woche entdeckte Mrs. Gillett den Revolver im Koffer ihres Mannes. Es beunruhigte sie. Gillett erzählte ihr, er habe die Waffe auf der Straße gefunden, ungefähr vier Häuserblocks von seinem Haus entfernt.«

»Kann sie die Waffe identifizieren?«

»Ja, sie hatte sich nämlich für alle Fälle ihre Seriennummer aufgeschrieben. Als Gillett wieder auf Geschäftsreise ging, bat sie ihn, die Waffe mitzunehmen. Sie wollte sie wegen des Jungen nicht im Hause behalten.«

»Weiter.«

»Am selben Tag, an dem Gillett zu Hause aufbrach, kehrte Felting Grimes von einer Geschäftsreise zurück. Es liegt noch nicht einmal eine Stunde Unterschied zwischen der Abreise Gilletts und seinem Auftauchen als Felting Grimes in dem Haus, wo deine Klientin wohnte.«

Mason überlegte angestrengt. »Und kennt auch Nell Grimes die Waffe?«

»Sie hat sie nie gesehen, Perry. Jedenfalls nicht, bevor Gwynn Elston sie ihr zeigte und ihre Geschichte von dem Kriminalbeamten erzählte. Und noch was, Perry. Die Polizei macht nicht die geringste Anstrengung, den Autofahrer zu finden, der vor Baxters Haus mit einer Panne liegengeblieben sein soll. Es ist mir völlig unbegreiflich, daß sie bei keiner Tankstelle Erkundigungen eingezogen haben. Meine Leute waren die einzigen, die dort vorsprachen. Ich versteh's einfach nicht. Normalerweise hätten sie das doch gemacht, und sei es nur, um zu beweisen, daß Gwynn Elstons Geschichte erlogen ist und es gar keinen Wagen mit einem Reifenschaden gab.«

Mason runzelte die Stirn.

»Meines Erachtens hielten sie ihre Aussage für so fadenscheinig«, fuhr Drake fort, »daß sie sich erst gar nicht die Mühe machten, sie zu widerlegen.«

Plötzlich sprang Mason auf. »Unsinn«! rief er aufgeregt. »Ganz im Gegenteil, es bedeutet, daß sie den Mann längst gefunden haben. Deshalb zerbrechen sie sich nicht mehr den Kopf über ihn.«

»Wenn sie ihn haben«, gab Drake zu bedenken, »und wenn seine Aussage mit der Gwynns übereinstimmt, dann hätte man sie freigelassen. Nein, nein, Perry, du hast diesmal wirklich auf das falsche Pferd gesetzt. Sie werden sie ihre Geschichte vor

Gericht erzählen lassen und dann beweisen, daß sie erstunken und erlogen ist.«

»Und wie, glaubst du, wollen sie das anstellen«? fragte Mason.

»Keine Ahnung«, antwortete Drake, »ich bin schließlich kein Gedankenleser. Aber etwas haben sie in petto, das deine Klientin fertigmachen wird.«

»Und ich sage dir, Paul, sie haben diesen Burschen gefunden. Irgend etwas an seiner Aussage muß der Anklage Munition geben. Aber ich verspreche dir eines: Wenn die einen Zeugen beibringen, der schwört, daß er mit Gwynn in den Ort gefahren ist, aber abstreitet, ihr einen Revolver gegeben zu haben, dann zerreiße ich den Kerl in der Luft. Die Polizei hat den Mann ermittelt. Also kannst du das auch, Paul. Wir müssen wissen, wer es ist.«

Drake schüttelte den Kopf. »Den Mann gibt es nicht. Die Polizei wird es beweisen. Vergiß nicht, Perry, du hast nur das Wort deiner Klientin.«

»Und sie«, widersprach Mason, »haben nur das Wort dieses Zeugen. Wenn sie sich in dieser Ringecke schlagen wollen, wird es ein heißer Kampf.«

»Denke doch an den Zeitfaktor, Perry«, bat Drake. »Die Tore wurden um zehn Uhr geschlossen. Danach konnte Gillett nicht mehr hinein, aber sein Wagen mußte naturgemäß durch das Tor hineingefahren worden sein. Damit bleiben fünfundvierzig Minuten für die Tat. Der Mord muß innerhalb dieses Zeitraumes geschehen sein. In diesem Zeitraum müßte sich deine Klientin den Revolver beschafft haben. Und für diesen Zeitraum hat sie auch kein Alibi, nur das Märchen von dem Kriminalbeamten, der ihr angeblich den Revolver gab. Bei den Gilletts ging sie um neun Uhr fünfzehn weg, Mrs. Gillett weiß das ganz genau. Anschließend traf Gwynn Frankline Gillett; wahrscheinlich wartete er auf sie. Er sagte ihr auf den Kopf zu, daß sie über sein Doppelleben informiert sei und wollte wissen, was sie zu tun gedenke. Wenn sie nur die Wahrheit sagen und zugeben würde, daß sie ihn in Notwehr erschossen hat – dann hätte sie vielleicht eine Chance. Aber vergiß nicht, daß Gillett es war, der den Revolver besaß. Und daß sie kurz nach halb zehn bei mir anrief und gleich darauf bei dir. Es liegt doch auf der Hand, was passiert ist: Gillett hielt sie fest; er wollte mit ihr sprechen und suchte dafür einen ruhigen Parkplatz: vor Baxters Anwesen. Er hatte den Revolver. Sie muß ihn in Sicherheit gewiegt haben, bis es ihr gelang, ihm die Waffe zu entreißen. Dann erschoß sie ihn und fuhr auf Baxters Grundstück, um die Leiche dort ins Gebüsch zu werfen. Anschließend erfand sie das mit dem Kriminalbeamten.«

Mason hatte nachdenklich zugehört. »Nein, Paul«, sagte er, »sie hätte ein überzeugenderes Märchen erfunden. Keinesfalls aber hätte sie den Revolver behalten, sondern als erstes weggeworfen.«

»Das kann man nicht so einfach sagen, Perry. Vielleicht ist ihr irgend etwas dazwischengekommen, sie saß mit der Waffe fest und mußte sich eine Ausrede dafür einfallen lassen.«

»Vergiß nicht, unser District Attorney Hamilton Burger übersieht gelegentlich auch einen Punkt. Vielleicht hat er es sich noch nicht klargemacht, aber er hat gar keine Möglichkeit, Gwynn mit der Mordwaffe in Verbindung zu bringen. Sie hatte zwar einen Smith & Wesson vom Kaliber .38, aber von der Sorte gibt es Tausende.«

»Und da wären noch deine Mätzchen mit dem Feuerzeug und dem Zigarettenetui.«

»Sicher«, sagte Mason, »ich habe nur den ersten Ball ins Spiel geworfen, mehr nicht. Ich wollte eben, daß die Polizei den Boden absucht, weil mir die Idee kam, daß der Mörder die Tatwaffe auf dem Grundstück gelassen haben könnte.«

»Und woher kam dir diese Idee?«

»Ach, das war bloß Erfahrungssache. Ich wette hundert zu eins, Paul, daß sie draußen inzwischen jeden Zentimeter Boden abgesucht haben. Das ist zumindest ein Punkt, den sie mir gutschreiben müssen.«

»Das werden sie wohl«, meinte der Detektiv und fügte hinzu: »Inzwischen.«

»Mehr wollte ich gar nicht. Komm du nur morgen ins Gericht, Paul. Vielleicht liegt der Fall nicht so eindeutig, wie du und Hamilton Burger ihn sehen. Übrigens möchte ich dich noch um eines bitten.«

»Nämlich?«

»Überprüfe, wo George Baxter am Mordabend war.«

»In Bakersfield«, antwortete Drake.

»Das behauptet er.«

»Das war er. Meine Leute haben seine Angaben nachgeprüft. Er stieg dort im Motel ab.«

»Was verstehst du unter ›nachgeprüft‹?«

»Wir haben erfahren, daß er sich um halb sieben Uhr abends in die Gästeliste eintrug. Er war angeblich müde und wollte nach dem Essen gleich schlafen gehen. Dem Motel ist ein Restaurant angeschlossen. Dort aß er, unterschrieb seine Rechnung und ging.«

Mason kniff nachdenklich die Augen zusammen. »Aber daß er sich wirklich ins Bett legte, kann niemand beweisen, oder? Was hätte ihn denn abgehalten, das Motel um sieben Uhr wieder zu verlassen, hierher zu fahren, Frankline Gillett zu erschießen, zurückzukehren und am Morgen seine Rechnung zu begleichen?«

Drake bedachte das. »Nichts«, meinte er schließlich.

Mason grinste.

»Aber hast du einen Beweis dafür, daß es so war«? fragte Drake.

»Hast du einen, daß es nicht so war«? konterte Mason.

14

Richter Harlan Laporte nahm seinen Platz ein. »Ich eröffne die Vorverhandlung im Prozeß des Volkes von Kalifornien gegen Miss Gwynn Elston«, gab er bekannt.

»Die Anklage ist bereit«, antwortete Farley Nelson, ein Stellvertreter des District Attorney.

»Die Verteidigung ebenfalls«, fügte Mason hinzu.

»Trifft es zu«, wandte sich Richter Laporte an Hamilton Burger, der neben seinem Stellvertreter saß, »daß der District Attorney dieser Verhandlung persönlich beiwohnen wird?«

»Jawohl, Euer Gnaden«, erwiderte Burger.

»Gut denn. Rufen Sie Ihren ersten Zeugen.«

Hamilton Burger erhob sich. »Euer Gnaden, darf ich Ihre Aufmerksamkeit auf eine Angelegenheit lenken, die meiner Ansicht nach vorrangig behandelt werden sollte? Es läuft ein Antrag von Mr. George Belding Baxter, seine Vorladung als Zeuge zu annullieren.«

»Mit welcher Begründung«? wollte der Richter wissen.

»Mr. Baxters Anwälte sind zwar hier«, entgegnete Burger, »aber in groben Zügen kann auch ich Ihre Fragen beantworten. Der Zeuge macht geltend, daß diese Vorladung einen groben Mißbrauch des Gerichts darstellt und nur den Zweck hat, Mr. Baxter – einem vielbeschäftigten Mann – Ungelegenheiten zu machen.«

Richter Laporte sah hinunter zu Perry Mason. »Ist Mr. Baxter ein notwendiger Zeuge, Herr Verteidiger?«

»Meiner Meinung ja, Euer Gnaden. Zumindest wird er es aller Voraussicht nach werden.«

»Euer Gnaden«, mischte sich Hamilton Burger ein, »wir haben es mit einem ganz klaren Fall zu tun. Die Verteidigung wird überhaupt keine Zeugen brauchen. Unserer Ansicht nach sollte die Gegenseite dem Gericht klipp und klar auseinandersetzen, aus welchem Grunde Mr. Baxters Anwesenheit erforderlich ist.«

»Ich habe bereits erklärt, daß ich Mr. Baxter als Zeugen brauche«, sagte Mason.

»Wofür?«

»Das werde ich zu gegebener Zeit ausführen.«

»Euer Gnaden«, sagte Burger, »die Anklage erbietet sich, jede Zeugenaussage zu stipulieren, die sich die Verteidigung mit gutem Grund von Baxter verspricht.«

Mason wandte sich an den Richter. »Euer Gnaden«, sagte

er, »wir möchten feststellen, daß dieses Angebot der Anklage nur dem Zweck dient, die Verteidigung zu behindern. Erstens sollen wir damit schon jetzt zur Bekanntgabe unserer Ansichten verleitet werden; zweitens hat Mr. Baxter eine Zivilklage gegen mich angestrengt und mich auf Schadenersatz von hunderttausend Dollar verklagt.«

»Läuft eine derartige Zivilklage?« fragte Richter Laporte Hamilton Burger.

»Ich glaube, ja, Euer Gnaden.«

»In diesem Fall hat Mr. Baxter seine Rechtsmittel bereits gewählt«, sagte Richter Laporte. »Er kann nicht einerseits Mr. Mason auf Schadenersatz verklagen und andererseits verlangen, daß er als Zeuge entschuldigt wird. Ich möchte ihm jedoch nach Lage der Dinge noch einmal Gelegenheit geben, sich zu entscheiden. Entweder zieht er sein Klage auf Schadenersatz zurück, oder er besteht auf Annullierung der Zeugenvorladung.«

Hamilton Burger wandte sich an George Belding Baxter, der im Zuschauerraum saß.

»Ich beharre auf meinem Recht«, sagte Baxter mit kalter Wut. »Und ich verlange außerdem, daß meine Vorladung annulliert wird.«

»Antrag abgelehnt«, donnerte Richter Laporte. »Fahren Sie mit der Beweisaufnahme fort, Mr. Burger.«

Mason ging zu Paul Drakes Platz hinüber. »Das ist das ganze Geheimnis, Paul«, flüsterte er. »Hamilton Burger will Baxter helfen, mit seiner Zivilklage gegen mich durchzukommen. Nur aus diesem Grunde ist er heute selbst gekommen.«

»Man munkelt, daß er einen tollen Überraschungstreffer landen will«, gab Drake ebenso leise zurück.

Mason grinste. »Abwarten und Tee trinken.«

Farley Nelson rief seinen ersten Zeugen auf. Er war Landvermesser und präsentierte einen Lageplan von Baxters Haus und Grundbesitz.

Mason verzichtete auf ein Kreuzverhör.

Der nächste Zeuge war Leutnant Tragg. Er sagte aus, Mason

hätte ihm telefonisch berichtet, daß auf Baxters Grundstück eine Leiche läge. Daraufhin sei die Funkstreife angewiesen worden, sofort hinauszufahren und sämtliche Spuren sicherzustellen. Er, Tragg, sei zu Perry Masons Büro geeilt, in der Hoffnung, Masons Informanten an Ort und Stelle vernehmen zu können. Er sei leider zu spät gekommen, habe aber die Wagenbesitzer aufhalten lassen, die ihre Fahrzeuge in der letzten Stunde auf den umliegenden Parkplätzen abgestellt hatten. Nach aufreibenden Ermittlungen sei die Beschuldigte dank dieser Maßnahme aufgegriffen und in Masons Büro gebracht worden. Ein Abschnitt in ihrem Scheckheft habe bewiesen, daß sie Mason fünf Dollar gezahlt hatte. Mason habe der Beschuldigten geraten, keinerlei Aussagen zu machen.

Nach einer kurzen Einvernahme von Miss Elston sei er, fuhr Tragg fort, zu Baxters Grundstück hinausgefahren und habe persönlich die Spurensicherung am Tatort überwacht. Er beschrieb die genaue Lage der Leiche und berichtete, was er sonst fand. Ein wachhabender Polizist am Tor hätte ihn später benachrichtigt, daß Mason angekommen sei und verschiedene merkwürdige Dinge getan habe. Tragg ließ den Boden absuchen und stellte einen Revolver sicher. Es war ein Smith & Wesson vom Kaliber .38, der Traggs Identifizierungszeichen am Griff trug.

»Kreuzverhör«, rief Nelson.

»Was waren das für merkwürdige Dinge, die ich getan habe«? fragte Mason.

»Ich weiß es nur vom Hörensagen«, erwiderte Tragg.

»Das macht nichts. Sagen Sie es mir trotzdem.«

»Dem Bericht des Polizisten zufolge«, berichtete Tragg, »erschienen Sie am Tor, und als Sie feststellen mußten, daß man Sie nicht hineinließ, warfen Sie ein silbernes Zigarettenetui über den Zaun; es landete nur ein paar Zentimeter von der Stelle entfernt, wo der Revolver lag. Danach warfen Sie auch noch ein silbernes Feuerzeug hinterher.«

»Sie haben beides wiedergeholt, nicht wahr?« wollte Mason wissen.

»Ja.«

»Haben Sie Ihre Initialien in das Metall gekratzt?«

»Ja.«

»Haben Sie die Gegenstände bei sich?«

»Jawohl.«

»Zeigen Sie sie bitte vor.«

Tragg holte das Etui und das Feuerzeug heraus.

»Ich beantrage, die Gegenstände als Beweisstücke zu kennzeichnen«, rief Nelson.

»Kein Einspruch«, fügte Mason hinzu. »Lassen Sie sie gleich als solche eintragen, wenn Sie wollen.«

»Das tun wir, wenn der richtige Zeitpunkt dafür gekommen ist«, widersprach Nelson. »Im Augenblick wollen wir sie nur gekennzeichnet haben.«

»Stattgegeben«, ordnete Richter Laporte an.

»Keine weiteren Fragen«, sagte Mason.

Als nächsten rief Nelson den Gerichtsfotografen auf, danach folgte der medizinische Gutachter, der das tödliche Geschoß aus der Leiche entfernt und die Todeszeit zwischen einundzwanzig Uhr und Mitternacht festgesetzt hatte.

Mason verzichtete bei beiden auf ein Kreuzverhör.

»Euer Gnaden«, meldete sich Nelson, »wir müssen jetzt die Identität des Toten klarstellen. Obwohl dies ziemlich schmerzlich und peinlich werden wird, muß ich Mrs. Frankline Gillett als Zeugin vorbitten.«

Mrs. Gillett, ganz in Schwarz gekleidet, trat vor und legte den Eid ab. Sie gab ihren Namen und ihre Anschrift an und bestätigte, Frankline Gillett vor acht Jahren geheiratet zu haben. Sie sei ins Leichenschauhaus gerufen worden, um den Toten zu identifizieren. Es habe sich um ihren Ehemann gehandelt.

»Kreuzverhör«, sagte Nelson.

»Es tut mir leid, Mrs. Gillett«, begann Perry Mason. »Ich werde versuchen, es so kurz und schmerzlos zu machen, wie es geht. Sie sagen, daß Sie Ihren Mann vor acht Jahren geheiratet haben?«

»Ja.«

»Was war damals sein Beruf?«

»Vertreter.«

»Wissen Sie, wieviel er verdiente?«

»Nicht sehr viel. Er war auf eine kleine Pauschale und auf seine Provision angewiesen.«

»Arbeitete er schwer?«

»Ja.«

»Wie lange blieb er bei derselben Firma?«

»Etwa drei Jahre.«

»Und dann?«

»Danach war er eine Zeitlang arbeitslos, bis er eine Anstellung als Vertreter bei einem anderen Unternehmen bekam. Das war nicht so gut wie das erste, und Frankline blieb nur ein Jahr. In seiner dritten Stellung verdiente er sehr gut.«

»Und dann?« fragte Mason.

»Vor etwa zweieinhalb Jahren sagte er mir, daß er sich selbständig machen wolle.«

»Und wie wirkte sich das auf Ihr Einkommen aus?«

»Er verdiente sehr, sehr gut damit.«

»Kennen Sie die Art seiner Geschäfte?«

»Nein.«

»Haben Sie nach seinem Tode in Erfahrung bringen können, welches Geschäft er betrieb?«

»Nein«, antwortete sie. »Mein Mann sprach mit mir kaum über Geschäftliches. Er stand auf dem Standpunkt, er habe für das Geld, ich für den Haushalt zu sorgen. Auch nach seinem Tode konnte ich keinerlei Unterlagen finden, die mir Aufschluß über die Art seiner Geschäfte gaben. Wir haben ein gemeinsames Konto, auf dem etwa dreitausend Dollar liegen. Die Bank hat mir gesagt, daß mein Mann stets bar eingezahlt habe.«

»Hat Ihr Mann anderen Besitz hinterlassen?« erkundigte sich Mason.

»Gewiß. Wir haben uns ein Haus im Tribly Way gekauft. Zwei Drittel davon sind bezahlt. Außerdem besaß mein Mann einen Wagen und ich auch.«

»Haben Sie in Ihres Mannes Koffer einen Revolver gefunden?« wollte Mason wissen.

»Einspruch!« rief Nelson. »Das gehört nicht mehr zu einem ordnungsgemäßen Kreuzverhör.«

»Abgelehnt«, entschied Richter Laporte. »Die Zeugin ist gefragt worden, welchen Besitz ihr Mann hinterließ. Das Gericht will eine vollständige Auskunft. Beantworten Sie die Frage, Zeugin.«

»Kurz, nachdem mein Mann von seiner letzten Geschäftsreise zurückkam«, antwortete Mrs. Gillett zögernd, »entdeckte ich in seinem Koffer einen Revolver. Es war ein Smith & Wesson vom Kaliber .38. Ich habe mir für alle Fälle die Nummer der Waffe notiert, sie lautet C 232721. Ich habe meinen Mann deshalb zur Rede gestellt. Möchten Sie auch wissen, was er sagte?«

»Ja, bitte.«

»Er erzählte mir, er habe die Waffe ein paar Blocks hinter unserem Haus auf der Straße gefunden. Zuerst wollte er sie bei der Polizei abgeben, überlegte es sich dann aber anders, weil man ihm doch nur eine Reihe unnötiger Fragen gestellt hätte. Ich wollte aber keinen Revolver im Haus haben, und das sagte ich Frankline auch. Er versprach, ihn im Koffer zu behalten, damit unser Sohn nicht herankäme. Und als er wieder wegfuhr, nahm er die Waffe mit.«

»Vielen Dank«, sagte Mason. »Das war alles.«

»Euer Gnaden«, gab Nelson bekannt, »jetzt komme ich zu einem der Begleitumstände, die diesen Fall so aufsehenerregend und so interessant für die Presse machten. Wir sehen uns leider dazu gezwungen, auch Nell Arlington als Zeugin aufzurufen.«

Nell Arlington kam vor und wurde vereidigt.

»Wo wohnen Sie?« fragte Nelson.

»Mandala Drive 367.«

»Wohnen Sie dort als Nell Arlington?«

»Nein, Sir.«

»Unter welchem Namen sonst?«

»Als Mrs. Felting Grimes.«

»Sie hielten Felting Grimes für Ihren Ehemann?«

»Ja.«

»Sie wurden, glaube ich, in Las Vegas, Nevada, getraut?«

»Jawohl.«

»Wann war das?«

»Vor achtzehn Monaten und zehn Tagen.«

»Haben Sie die Leiche gesehen, die als Frankline Gillett identifiziert wurde?«

»Ja.«

»War es der Mann, den Sie als Felting Grimes geheiratet hatten?«

»Ja.«

»Ist Ihnen die Beschuldigte in dieser Verhandlung bekannt?«

»Ja, sie ist seit vielen Jahren meine beste Freundin.«

»Wo wohnte sie am Zehnten dieses Monats?«

»Bei uns.«

»Würden Sie bitte die Ereignisse jenes Abends wiedergeben, soweit Sie sich daran erinnern, Miss Arlington?«

Die Zeugin wiederholte Gwynn Elstons Geschichte von dem Polizisten, der mit ihr gefahren sei und ihr den Revolver gegeben habe.

»Erinnern Sie sich an den Morgen des Elften, als die Beschuldigte zum Frühstück kam?«

»Sehr gut sogar.«

»Wußten Sie zu diesem Zeitpunkt schon, wo sich Ihr Mann befand?«

»Nein.«

»Wann hatten Sie ihn zuletzt gesehen?«

»Am Tag vorher, als er zu einer Geschäftsreise aufbrach.«

»Ist Ihnen die Art und Weise bekannt«, fuhr Nelson fort, »in welcher die Beschuldigte ihrem Beruf nachging?«

»Was meinen Sie damit?«

»Nun, kennen Sie beispielsweise die Namen der Interessenten, die sie aufsuchte?«

»O ja. Ich habe ihr ja immer geholfen. Ich war manchmal praktisch ihre Sekretärin.«

»Erklären Sie dem Gericht bitte, was Sie als Sekretärin für die Beschuldigte getan haben.«

»Sie bekam Listen, die manchmal telefonisch durchgegeben, manchmal mit der Post geschickt wurden. Es waren die Aufstellungen von Interessenten, die sie besuchen sollte. Ich habe diese Namen für sie aufgeschrieben, beziehungsweise, wenn sie durch die Post kamen, für Gwynn sortiert.«

»Wissen Sie zufällig, wie die Beschuldigte Namen und Anschrift von Mrs. Frankline Gillett erhielt?«

»Ja. Der Name kam mit der Post. Nachdem Gwynn ... nachdem sie verhaftet wurde, fand ich im Wohnzimmer eine Interessentenliste mit elf Namen – diese hier. Der letzte Name ist der von Mrs. Frankline Gillett, 671 Tribly Way.«

»Lag die Liste an einer Stelle, wo sie auch Ihr Mann hätte sehen können?«

»Sie lag im Wohnzimmer. Ich nehme an, daß Gwynn sie dort liegenlassen hatte.«

»Wir beantragen, dieses Papier als Beweisstück aufzunehmen«, bat Nelson.

»Kein Einspruch«, sagte Mason.

»Und jetzt frage ich Sie«, fuhr Nelson fort, »ob Sie Mr. Mason am Elften dieses Monats, einem Mittwoch, aufsuchte.«

»Jawohl.«

»Wer begleitete ihn?«

»Seine Sekretärin, Miss Street.«

»Versuchte er, Sie zu irgend etwas zu bewegen?«

»Einspruch«! rief Mason. »Das ist unsachlich, unwesentlich und unerheblich. Es spielt absolut keine Rolle für diese Verhandlung, ob der Verteidiger in diesem Prozeß die Zeugin zu irgend etwas bewegen wollte oder nicht. Außerdem verlangt die Frage nach einer Schlußfolgerung der Zeugin.«

»Euer Gnaden«, wehrte sich Nelson, »Mr. Mason war aber der Rechtsbeistand der Beschuldigten.«

»Natürlich war ich das«, erwiderte Mason. »Aber ich handelte ebenso in eigenem Antrieb. Meine Klienten schreiben mir nicht vor, wie ich meine Verteidigung aufzubauen habe. Ich tue, was ich für das beste halte. Wenn die Anklage beabsichtigt, der Beschuldigten etwas zur Last zu legen, was ich getan habe, dann muß der District Attorney zuerst beweisen, daß sie davon wußte und es billigte.«

»Ich glaube, das stimmt«, meinte Richter Laporte. »Dem Einspruch wird stattgegeben.«

»Sie können mit dem Kreuzverhör beginnen«, bot Nelson an.

»Keine Fragen«, sagte Mason beiläufig.

»Wie? Kein Kreuzverhör?«

»Nein.«

Nelson beriet sich kurz mit Hamilton Burger, dann sagte er: »Wir rufen jetzt Peterson L. Marshall in den Zeugenstand.«

Marshall gab seine Personalien an. Er sei Inhaber eines Sportartikelgeschäfts und kenne Mr. George Belding Baxter gut. Baxter sei seit geraumer Zeit sein Kunde.

»Ich zeige Ihnen hier einen Smith-&-Wesson-Revolver mit der Seriennummer C 232721 und frage Sie, ob Sie die Waffe wiedererkennen?«

»Darf ich mir die Nummer ansehen? Ich möchte gern ganz sichergehen.«

Als der Zeuge sah, daß die angegebene Nummer auf der Waffe stand, antwortete er: »Jawohl, diesen Revolver kenne ich.«

»Wer hat ihn verkauft?«

»Ich selbst.«

»An wen?«

»An George Belding Baxter.«

»An ihn persönlich?«

»Jawohl, Sir. Mr. Baxter kam in mein Geschäft und verlangte eine Feuerwaffe zu seinem Schutz. Er wollte eine verläßliche, aber nicht zu unhandliche Waffe. Ich bot ihm diesen Smith & Wesson an, weil er seinen Wünschen entsprach, und Mr. Baxter entschloß sich zum Kauf.«

»Und was taten Sie dann?«

»Nun«, antwortete der Zeuge zögernd, »eigentlich dürfen wir Schußwaffen nicht am selben Tag aushändigen, an dem wir sie verkaufen. Nach der Vorschrift müssen wir sie behalten, bis – na ja, bei Mr. Baxter machte ich eben eine Ausnahme. Ich datierte den Kauf einfach drei Tage zurück und übergab ihm den Revolver.«

»Und das hier ist diese Waffe?«

»Ja, Sir.«

»Sie können mit dem Kreuzverhör beginnen«, sagte Nelson zu Mason.

»Keine Fragen«, meinte Mason.

»Dann rufe ich jetzt Mrs. Minnie Crowder«, verkündete Nelson.

Mrs. Crowder wies sich als Haushälterin von George Belding Baxter aus.

»Erzählen Sie uns«, bat Nelson, »was Sie am Abend des Zehnten dieses Monats getan haben.«

»Ich war gegen neun mit meiner Arbeit fertig. Der Elfte war mein freier Tag. Ich hatte Erlaubnis, nach der Arbeit zu gehen, also verließ ich das Haus gegen neun Uhr, vielleicht ein paar Minuten vorher. Ich wollte eigentlich erst am Zwölften frühmorgens zurückkommen, aber die Polizei hat mich aufgespürt und mir einen Strich durch die Rechnung gemacht.«

»Um welche Zeit erreichte die Polizei Sie?«

»Am Elften gegen zwei Uhr nachmittags.«

»Ich zeige Ihnen hier einen Revolver, der als Beweisstück gekennzeichnet worden ist, und möchte von Ihnen wissen, ob Sie ihn wiedererkennen.«

Die Zeugin nahm die Waffe, betrachtete sie und antwortete: »Ja, den kenne ich.«

»War er jemals in Ihrem Besitz?«

»Jawohl.«

»Woher hatten Sie ihn?«

»Von Mr. Baxter.«

»Was geschah mit dem Revolver?«

»Ich bewahrte ihn in meinem Schlafzimmer auf, und wenn ich abends ausging, nahm ich ihn mit. Als ich am Dritten abends spazierenging, muß er mir aus der Manteltasche gerutscht sein. Als ich ihn vermißte, ging ich den Weg zurück und suchte, konnte ihn aber nicht mehr finden. Ich habe niemand etwas von dem Verlust gesagt.«

»Weshalb hat Ihnen Mr. Baxter eine Schußwaffe gegeben?«

»Einspruch«, unterbrach Mason. »Verlangt nach einer Schlußfolgerung der Zeugin und ist außerdem unwesentlich, unsachlich und unerheblich.«

»Stattgegeben«, entschied Richter Laporte.

»Wann haben Sie nach dem Dritten dieses Monats die Waffe wiedergesehen?«

»Als die Polizei sie mir zeigte.«

»Ich unterbreche den Herrn Ankläger ungern«, mischte sich Mason ein, »aber ich glaube, daß ich das Recht habe, die Zeugin zwischendurch zu verhören.«

»Bitte sehr, tun Sie das«, antwortete Nelson. »Ich bin aber ohnedies gleich mit ihr fertig. Vielleicht warten Sie mit Ihren Fragen doch bis zum Kreuzverhör.«

»Auch recht.«

»Gut, also nur noch eine Frage. Mrs. Crowder, Sie sahen den Revolver am Elften dieses Monats wieder, nicht wahr?«

»Ja.«

»Bei welcher Gelegenheit?«

»Leutnant Tragg zeigte ihn mir.«

»Danke sehr. Kreuzverhör«, sagte Nelson.

»Woher wissen Sie, daß es sich um dieselbe Waffe handelte«, fragte Mason, »die Ihnen Mr. Baxter gab?«

»Nun, es muß doch derselbe Revolver gewesen sein. Mr. Gillett hat ihn an der Stelle gefunden, wo ich meinen verloren hatte.«

»Wissen Sie denn genau, wo Sie ihn verloren haben?«

»Die genaue Stelle natürlich nicht, aber den Weg, den ich gegangen bin. Und da fand ihn Mr. Gillett.«

»Wissen Sie, wann Ihnen die Waffe abhanden gekommen ist?«

»Ja, das war am Abend des Dritten gegen halb zehn. Ich ging spazieren und trug meinen Mantel über dem Arm. Dabei muß der Revolver herausgerutscht sein, denn als ich nach Hause kam, war er weg.«

»Überlegen Sie einmal ganz genau«, bat Mason. »Sind Sie bei Ihrem Spaziergang auch an der Hecke vorbeigegangen, in der die Polizei den Revolver später fand?«

»Nein.«

»Auch nicht in der Nähe?«

»Ich bin zwar daran vorbeigekommen«, antwortete sie, »aber ich habe den Weg nicht verlassen.«

»Es wäre aber doch möglich«, bohrte Mason, »daß Sie den Revolver in Höhe der Hecke verloren haben?«

»Das glaube ich nicht. Er muß herausgefallen sein, als ich meinen Mantel auszog, und das war ein ganzes Stück hinter dem Tor.«

»Haben Sie sich irgendwann die Nummer der Waffe aufgeschrieben, die Ihnen Mr. Baxter gab?«

»Nein. Wozu denn?«

»Die Waffe war neu, nicht wahr?«

»Ja, er gab sie mir am selben Tag, an dem er sie gekauft hatte.«

»Hatte der Revolver irgendwelche Kennzeichen, ich meine Kratzer oder Einkerbungen?«

»Aber nein, ich sage Ihnen doch, daß er fabrikneu war.«

»Jetzt sind Kratzer drauf«, konstatierte Mason.

»Ich glaube, die hat Leutnant Tragg absichtlich gemacht.«

»Wann haben Sie die Kratzer zum erstenmal bemerkt?«

»Als Leutnant Tragg mich darauf aufmerksam machte.«

»Die Waffe, die Mr. Baxter Ihnen gab, hatte also Ihrer Meinung nach keinerlei Kennzeichen, mit denen Sie sie identifizieren könnten?«

»Nun ... nein.«

»Sie können also nicht beschwören, daß dieser Revolver hier

der ist, den Ihr Chef Ihnen gab? Daß es sich nicht um einen der tausend anderen Smith & Wessons handelt, die im ganzen Lande kursieren?«

»Wenn Sie so wollen, kann ich nur sagen, daß er jedenfalls genauso aussieht wie meiner.«

»Vielen Dank. Das war's, was ich wissen wollte.«

Als nächsten Zeugen rief Nelson den Schußwaffenexperten Alexander Redfield auf. Er fragte Redfield, ob er die Mordkugel untersucht und nachgeprüft habe, ob sie aus der Waffe abgefeuert wurde, die als Beweisstück gekennzeichnet war.

Redfield bestätigte dies.

»Was können Sie über das Geschoß sagen?«

»Es wurde aus diesem Revolver, den ich hier in der Hand habe und der die Seriennummer C 232721 trägt, abgefeuert«, antwortete Redfield.

»Euer Gnaden«, sagte Nelson, »dann beantrage ich nunmehr, diese Waffe als Beweisstück zu Protokoll zu nehmen.«

»Einspruch wegen Unsachlichkeit, Unerheblichkeit und Unwesentlichkeit«, fuhr Mason dazwischen. »Außerdem ist für einen derartigen Antrag noch keine ausreichende Grundlage geschaffen.«

»Worauf wollen Sie hinaus«? erkundigte sich Richter Laporte.

»Ganz einfach, Euer Gnaden«, antwortete ihm Mason, »es fehlt ein Beweisglied in der Kette. George Belding Baxter nahm den Revolver an dem Tag in Besitz, an dem er ihn erwarb. Er muß auch beweisen, daß er denselben Revolver, den er kaufte, an seine Haushälterin weitergab.«

»Aber Euer Gnaden«, begehrte Hamilton Burger auf, »das spielt doch überhaupt keine Rolle! Der Revolver wurde in einem Gebüsch gefunden, in das ihn der Mörder absichtlich warf. Es handelt sich zweifelsohne um die Mordwaffe. Sie wurde von George Baxter gekauft, und ein Revolver, der in jeder Beziehung dieser Waffe gleicht, wurde der Haushälterin übergeben, die ihn verlor. Das dürfte genügen, um die Waffe als Beweisstück einzutragen. Die Verteidigung reitet auf Nebensächlichkeiten herum, die Herkunft und Geschichte des Revolvers betreffen.«

»Das Gericht ist geneigt, dem District Attorney recht zu geben«, sagte Richter Laporte. »Aber weshalb rufen wir nicht einfach Mr. Baxter als Zeugen auf und lassen ihn aussagen, daß er dieselbe Waffe, die er kaufte, auch seiner Haushälterin gab?«

»Aber das ist doch gar nicht erforderlich, Euer Gnaden«, wehrte sich Burger.

Mason lächelte. »Mr. Burger kann doch Baxter nicht als Zeugen aufrufen, Euer Gnaden«, sagte er trocken. »Damit würde er den Schadenersatzanspruch von hunderttausend Dollar aus dem Fenster werfen. Wenn er als Zeuge der Anklage aufgerufen wird, seine Anwesenheit vor Gericht also erforderlich ist, womit will er dann gegen mich vorgehen? Euer Gnaden, nur aus diesem Grunde ist der District Attorney heute persönlich erschienen. Er will die Verhandlung so lenken, daß Mr. Baxters Zivilklage nicht gegenstandslos wird.«

Richter Laporte lächelte dünn, dann runzelte er die Stirn. »Die übliche Handhabung wäre natürlich die«, meinte er gedehnt, »die Waffe in Verbindung zu bringen, aber ... nun ja, in diesem besonderen Fall bin ich, wie gesagt, geneigt, dem District Attorney recht zu geben. Es reicht für die Aufnahme des Revolvers als Beweisstück aus, wenn bewiesen ist, daß es sich um die Mordwaffe handelt. Wenn jedoch versucht wird, diese Waffe in Verbindung mit der Beschuldigten zu bringen, dann muß ich sagen, daß eine Grundlage hierfür noch nicht geschaffen wurde.«

»Das ist uns völlig klar, Euer Gnaden«, versicherte Hamilton Burger. »Wir haben einen Zeugen, der uns diesen Beweis liefern wird.«

Richter Laporte nickte. »Das Gericht ordnet also an«, meinte er, »die Waffe als Beweisstück ins Protokoll aufzunehmen.«

Hamilton Burger konnte seinen Triumph nicht verbergen. »Vielen Dank«, rief er strahlend, »danke, Euer Gnaden.«

Nelson rief Corley L. Ketchum in den Zeugenstand.

Ketchum trug einen dunklen Anzug, der offensichtlich schon einige Jahre als bestes Stück diente. Ketchum wirkte außerordentlich nervös. Er sagte aus, daß er als Verwalter und Gärtner bei Mr. Baxter die Pflicht habe, bis zehn Uhr abends Dienst zu machen und jeden Abend um diese Zeit die Tore zu schließen. Die Haushälterin sei am Abend des Zehnten mit Genehmigung des Chefs früher gegangen. Er habe daher die Tore ein paar Minuten vor zehn geschlossen und sei dann ins Bett gegangen.

Weitere Fragen ergaben, daß Ketchum beim Schließen der Tore einen parkenden Wagen weder in der Nähe des Grundstücks noch auf dem Grundstück selbst gesehen hatte. Daß jedoch ein Auto auf das Grundstück fahren konnte, ohne daß er es hörte, mußte er bejahen.

»Kreuzverhör«? fragte Nelson.

Mason schüttelte den Kopf.

Ein Sachverständiger des Erkennungsdienstes sagte aus, daß er auf Anweisung von Leutnant Tragg die Reifenspuren des Wagens der Beschuldigten ausgegossen habe, ebenso die Fußspuren, die in der Nähe der Leiche sichergestellt wurden. Beide Abgüsse wurden als Beweisstücke aufgenommen.

Wieder verzichtete Mason auf ein Kreuzverhör.

»Es ist bald Mittag«, sagte Richter Laporte. »Hat die Anklage noch viele Zeugen?«

»Höchstens einen oder zwei«, antwortete Hamilton Burger.

»Sehr gut«, antwortete Richter Laporte. »Das Gericht vertagt sich bis heute nachmittag vierzehn Uhr. Die Beschuldigte bleibt in Haft.«

Kaum hatte der Richter den Saal verlassen, bahnte sich Drake einen Weg zu Perry Mason. »Die haben einen Überraschungszeugen, Perry«, stieß er hervor. »Er sitzt im Zeugenzimmer und wird so streng bewacht, daß ihn niemand zu sehen bekommt. Dem Theater nach könnte man glauben, es handle sich um einen Staatsbesuch.«

»Bist du sicher?«

Drake nickte. »Leider habe ich den Burschen nur einen

Augenblick zu sehen bekommen, und das auch nur von hinten.«

»Beschreibe ihn.«

»Mittelgroß, ziemlich breit, dichtes, schwarzes, gewelltes Haar.«

»Halt mal«, rief Mason. »Einen Augenblick.«

»Was ist denn?« fragte Della Street besorgt.

»Das ist der Mann, der Gwynn Elston den Revolver gegeben hat«, erwiderte Mason. »Ich habe euch ja gesagt, daß sie ihn gefunden haben. Paul, das ist doch auch der Grund, weshalb die Polizei überhaupt nicht bei den Tankstellen recherchiert hat.«

»Es gab aber gar keinen Wagen mit einer Panne«, widersprach der Detektiv. »Ich sage dir doch, Perry, ich habe es genau nachgeprüft.«

Mason runzelte die Stirn. »Ich habe das Gefühl, daß wir allesamt noch eine gewaltige Überraschung erleben werden.«

Drake nickte. »Burger hat jedenfalls ein dickes Ding in petto. So wie der strahlt, könnte man glauben, er habe dich bereits in der Luft zerrissen.«

Mason seufzte. »Im Augenblick können wir nichts tun. Wir werden eine Kleinigkeit essen und den Dingen mit Gelassenheit ins Auge sehen. Mag sein, daß Burger eine Überraschung auf Lager hat, aber wenn wir sie erst kennen – wer weiß, vielleicht wird er dann in der Luft zerrissen.«

»Das glaube ich nicht, Perry«, meinte Drake betrübt. »Die Gegenseite ist so siegessicher, daß sie es gar nicht verbergen kann.«

»Wir werden die Dinge nehmen, wie sie kommen«, meinte Mason zuversichtlich.

15

Gleich nachdem das Gericht um zwei Uhr wieder zusammengetreten war, erhob sich Hamilton Burger mit dem triumphalen Gehabe eines Magiers, der im Begriff ist, ein Kaninchen aus dem Hut zu zaubern. »Ich rufe jetzt Carl Freeman Jasper in den Zeugenstand«, verkündete er.

Ein Polizist ging zur Tür des Zeugenzimmers und öffnete sie.

Mit unbeweglichem Gesicht flüsterte Mason seiner Klientin zu: »Bleiben Sie ganz ruhig, aber machen Sie sich auf einen Schreck gefaßt.«

Die Tür öffnete sich, und ein Mann Ende Zwanzig kam rasch durch den Gerichtssaal nach vorn.

»Das ist er! Das ist er!« rief Gwynn Elston und wollte aufspringen. Sie hatte ihre Hände in Masons Ärmel gekrallt.

»Halten Sie den Mund!« zischte er sie an.

»Aber das ist der Mann, der mir den Revolver gab«, flüsterte sie.

Hamilton Burger bemerkte das erregte Flüstergespräch zwischen Mason und Gwynn Elston mit Genugtuung. »Begeben Sie sich gleich in den Zeugenstand, Mr. Jasper«, rief er. »Geben Sie dem Protokollführer Ihre Personalien bekannt, legen Sie den Eid ab und setzen Sie sich.«

Dann stolzierte Burger nach vorn. »Mr. Jasper«, begann er, »was sind Sie von Beruf?«

»Ich bin zugelassener Privatdetektiv.«

»Waren Sie am Neunten und Zehnten dieses Monats in diesem Beruf tätig?«

»Ja, Sir.«

»Sie hatten also an diesen Tagen einen Auftrag?«

»Jawohl, Sir.«

»Wer war Ihr Auftraggeber?«

»Ein Herr, der sich mir als Felting Grimes vorstellte.«

»Welche Adresse gab er Ihnen an?«

»367, Mandala Drive.«

»Nannte er Ihnen auch seine Telefonnummer?«

»Ja.«

Hamilton Burger deutete eine Verbeugung vor Perry Mason an. »Wenn es Ihnen recht ist, Herr Verteidiger, und dem Gericht ebenfalls, möchte ich diesen Zeugen gern so verhören, daß der zeitliche Ablauf der Geschehnisse veranschaulicht wird. Es könnte möglich sein, daß ich zuerst seine Verbindung zur Mordwaffe und zu der Beschuldigten unter Beweis stellen und dann erst zum Anfang der Ereignisse zurückkehren müßte. Aber ich nehme doch an, daß auch Sie auf eine übersichtliche Darstellung Wert legen?«

»Aber selbstverständlich«, erwiderte Mason und paßte sich Burgers übertriebener Höflichkeit an. »Die Verteidigung möchte genau wie die Herren der Anklage soviel Licht wie möglich in diesen Fall bringen. Bitte, fahren Sie mit Ihrem Verhör fort.«

Hamilton Burger hatte offenbar von Mason einen Einspruch erwartet und sich bereits auf einen Wortwechsel eingestellt. »Danke«, sagte er kurz und enttäuscht wie ein Schütze, dessen erster Schuß sich als Rohrkrepierer erwiesen hatte. Dann wandte er sich wieder seinem Überraschungszeugen zu. »Sie waren also von Mr. Grimes engagiert?«

»Ja.«

»Seit wann?«

»Seit dem Zehnten dieses Monats.«

»Und womit beauftragte Sie Mr. Grimes?«

»Euer Gnaden«, meldete sich Mason, »ich bin gern bereit, dem Herrn Ankläger soviel Spielraum wie möglich für dieses Verhör einzuräumen, aber ich kann nicht einsehen, daß wir uns auch mit Hörensagen befassen müssen.«

»Es gehört aber zum Tatbestand«, antwortete Burger.

Richter Laporte schüttelte den Kopf. »Das müssen Sie zuerst unter Beweis stellen. Dem Einspruch wird stattgegeben.«

»Na schön«, seufzte Burger. »Also, was taten Sie?«

»Nachdem ich meine Instruktionen von Mr. Grimes in Empfang genommen hatte, fuhr ich zum Tribly Way Nummer 671 in der Nähe von Vista del Mesa. Das Haus würde von einem Mr. Frankline Gillett und seiner Frau bewohnt.«

»Wußten Sie zu diesem Zeitpunkt, daß Felting Grimes und Frankline Gillett ein und dieselbe Person sind?«

»Nein, Sir.«

»Wann erfuhren Sie das?«

»Als man mich bat, die Leiche eines Mannes zu identifizieren, die auf George Belding Baxters Grundstück gefunden wurde.«

»Und wann war das?«

»Am Abend des Elften. Die Leiche war inzwischen ins Leichenschauhaus gebracht worden.«

»Gut, weiter. Was taten Sie im Lauf Ihrer Ermittlungen?«

»Ich fuhr zum Hause der Gilletts, parkte meinen Wagen so, daß er niemandem auffallen konnte und beobachtete das Haus.«

»Was sollten Sie beobachten?«

»Ich sollte die Zulassungsnummern aller vorfahrenden Wagen und die Personenbeschreibung jeder Frau, die das Haus betrat, festhalten.«

»Hat man Ihnen eine bestimmte Zulassungsnummer genannt, auf die Sie aufpassen sollten, oder die Beschreibung einer bestimmten Dame, die Sie vergleichen sollten?«

»Nein, Sir.«

»Und was taten Sie weiter?«

»Mein Auftrag lautete, mein Büro, welches wiederum Mr. Grimes verständigen sollte, auf dem laufenden zu halten.«

»Und wann riefen Sie Ihr Büro zum erstenmal an?«

»Am Zehnten abends.«

»Gaben Sie eine Wagennummer durch?«

»Ja, die der Beschuldigten. Darüber hinaus gab ich eine Beschreibung von Miss Elston weiter.«

»Wann genau nach Miss Elstons Eintreffen riefen Sie an?«

»Nach drei Minuten.«

»Sie telefonierten?«

»Ja.«

»Wo fanden Sie denn so schnell ein Telefon?«

»Mein Wagen hat Telefon; meine Leute wiederum setzen sich sofort mit Mr. Grimes in Verbindung.«

»Aber wie konnte Grimes Sie erreichen?«

»Nur über mein Büro, das mich dann unterrichtete.«

»Verstehe«, meinte Burger. »Wie ging es weiter?«

»Miss Elston war noch im Haus. Ungefähr zwanzig Minuten, nachdem ich meinen Bericht durchgegeben hatte, fuhr Mr. Grimes vor – das heißt natürlich, der Mann, den ich als Grimes kannte. Inzwischen weiß ich, daß es Frankline Gillett war.«

»Bitte sehr, das gehört doch jetzt wirklich zum Tatbestand«, merkte Burger an. »Womit beauftragte Sie Ihr Klient dann?«

Richter Laporte blickte zu Perry Mason hinunter: »Wollen Sie Einspruch einlegen?«

»Ich denke, nein, Euer Gnaden«, erwiderte Mason. »Wir sollten uns die Geschichte ruhig anhören. Sie wird immer interessanter.«

»Dachte ich mir doch«, frohlockte Burger, »daß Sie das interessiert. Also?«

»Mr. Grimes«, antwortete der Zeuge, »wie ich ihn hier nennen möchte, befahl mir, meinen Wachposten zu verlassen und ihm zu folgen.«

»Ihr Platz war vor dem Haus im Tribly Way?«

»Ja.«

»Wie weit entfernt von Mr. Baxters Grundstück?«

»Nun, es kommt darauf an, was Sie ...«

»Ich meine den Eingang zu Baxters Grundstück, die Eisentore«, unterbrach ihn Burger.

»Die sind ungefähr dreihundert Meter weiter.«

»Auf der Straße, die die Beschuldigte beim Kommen und Wegfahren benutzte?«

»Ja, aber ich bin ihr nicht hinterhergefahren. Deshalb weiß ich nicht, ob sie diese Straße einschlug.«

»Hatte sie denn eine andere Möglichkeit?«

»Nein.«

»Na also. Und den Eingang zu Baxters Grundstück kann man vom Hause der Gilletts leicht zu Fuß erreichen, nicht wahr?«

»Es kommt darauf an, was Sie unter ›leicht‹ verstehen.«

»Das Gericht stellt fest, daß dreihundert Meter eine Distanz ist, die ein Fußgänger in normalem Tempo in fünf bis sieben Minuten zurücklegen kann. Fahren Sie fort«, befahl Richter Laporte.

»Jawohl, Euer Gnaden«, sagte Burger. »Also, was taten Sie?« fragte er seinen Zeugen.

»Ich fuhr hinter Grimes her zu Baxters Grundstück.«

»Und dann?«

»Ich muß hinzufügen«, fuhr der Zeuge fort, »daß die Straße vor der Einfahrt zu Mr. Baxters Grundstück breiter wird. Es war die erste Stelle, wo wir parken konnten, ohne daß die Wagen den Verkehr behinderten.«

»Verstehe. Fahren Sie fort«, bat Burger.

»Wir parkten also. Mein Klient sagte, ich müsse mir unbedingt einen Vorwand einfallen lassen, um die Frau aufzuhalten, die ich in Gilletts Haus hatte gehen sehen. Ich sollte unter allen Umständen versuchen, zu ihr ins Auto zu kommen und so lange bei ihr zu bleiben, bis sie anhalten würde, um ein Telefongespräch zu führen. Mr. Grimes war davon überzeugt, daß sie auf dem Rückweg irgend jemanden anrufen würde, und er wollte den Namen oder die Nummer wissen. Mr. Grimes riet mir, nett und freundlich zu der jungen Dame zu sein, ihr Vertrauen zu gewinnen; wenn nötig, sollte ich sogar die Nacht mit ihr verbringen.«

»Und was taten Sie?«

»Ich protestierte. Aber mein Klient ließ keinen Einwand gelten. Er fragte mich, ob ich einen Revolver hätte. Als ich verneinte, gab er mir seinen; ich sollte im äußersten Fall einen Hinterreifen an ihrem Auto durchschießen, um sie am Weiterfahren zu hindern.«

»Haben Sie dem zugestimmt?«

»Nun ja, ich nahm jedenfalls den Revolver. Ich hatte meine eigenen Vorstellungen, wie weit ich gehen konnte. Aber mein Klient war so aufgeregt, daß ich nicht mit ihm streiten wollte.«

»Was taten Sie?«

»Ich parkte am Straßenrand. Dann stellte ich den Deckel des Kofferraumes hoch, damit es nach einer Reifenpanne aussah. Wenn sie mich mitnahm, hatte ich schon halb gewonnen.«

»Und Ihr Klient? Was tat der?«

»Er sagte, er würde hinter uns herfahren. Übrigens weiß ich jetzt, daß die Frau im Auto Miss Elston war, die Beschuldigte in dieser Verhandlung.«

»Ihr Klient gab Ihnen also einen Revolver?« fragte Hamilton Burger.

»Ja, Sir.«

»Und den nahmen Sie auch?«

»Ja, widerwillig.«

»Sie beabsichtigten, das Vertrauen der Beschuldigten zu gewinnen, nicht wahr?«

»Ja, Sir.«

»Was war das für ein Revolver, den Ihnen Ihr Klient gab?«

»Ein Smith & Wesson vom Kaliber .38.«

»Ich zeige Ihnen hier einen Revolver«, fuhr Burger fort, »der als Beweisstück G aufgenommen wurde, und frage Sie, ob dies derselbe ist, den Sie erhielten?«

»Einen Augenblick bitte«, rief Mason. »Ich stelle fest, daß diese Frage nach einer Schlußfolgerung des Zeugen verlangt. Ich möchte ein paar Fragen an ihn richten, bevor das direkte Verhör fortgesetzt wird.«

»Stattgegeben«, entschied Richter Laporte.

»Schrieben Sie sich die Nummer des Revolvers auf, als Mr. Grimes ihn Ihnen gab?« fragte Mason.

»Nein, Sir.«

»Haben Sie sich die Waffe genau angesehen?«

»Ja.«

»Bemerkten Sie irgendwelche Besonderheiten daran, so daß Sie beschwören könnten, daß Beweisstück G dieselbe Waffe ist wie die, welche Sie von Ihrem Klienten erhielten?«

»Ich konnte keine Besonderheiten feststellen.«

»Dann können Sie auch nicht unter Eid aussagen, daß Beweisstück G die Waffe ist, die er Ihnen gab«, stellte Mason fest.

»Sie sieht genauso aus.«

»Als Privatdetektiv wissen Sie doch mit Schußwaffen Bescheid, nicht?«

»Im großen und ganzen, ja.«

»Dann wissen Sie also auch, daß Smith & Wesson Tausende von Revolvern dieser Machart fabriziert und verkauft?«

»Selbstverständlich.«

»Sie haben diese Art Revolver auch schon in den Auslagen gesehen, oder?«

»Ja.«

»Weiter«, sagte Mason. »Tragen Sie im Dienst eine Schußwaffe?«

»Manchmal.

»Hatten Sie am Abend des Zehnten eine bei sich?«

»Nein, Sir. Deshalb gab mir mein Klient seine.«

»Aber Sie können nicht beschwören, daß es sich um denselben Revolver handelt, der hier als Beweisstück G der Anklage vorliegt?«

»Nein, Sir, das kann ich nicht.«

»Das sind alle meine Fragen«, sagte Perry Mason.

»Sehr schön«, meinte Richter Laporte und lehnte sich vor. Man sah ihm an, daß er an dieser Phase des Prozesses außerordentlich interessiert war. »Bitte, fahren Sie fort.«

»Aber Sie konnten auch nichts feststellen«, fragte Burger, »was diese Waffe von der, die Ihnen Felting Grimes gab, unterschieden hätte?«

»Nein, das konnte ich nicht, Sir.«

»Fein. Also, was geschah weiter?«

»Meine Instruktionen lauteten, mir in jedem Fall das Vertrauen der jungen Dame zu verschaffen und mit ihr zu fahren, bis sie anhielt, um zu telefonieren.«

»Und dann?«

»Mr. Grimes sagte, er wollte uns folgen, und sah sich nach einem versteckten Parkplatz um. Er konnte aber keine geeignete Stelle entdecken, daher schlug ich ihm vor, in das Baxter-Anwesen hineinzufahren, dort zu wenden und dann startbereit stehenzubleiben. Auf diese Weise konnte er sofort losfahren, wenn ich mit Miss Elston vorbeikam.«

»Wie äußerte sich Mr. Grimes?«

»Er akzeptierte meinen Vorschlag, fuhr hinein und wartete gleich hinter dem Tor.«

»Und wie ging es dann weiter?«

»Einige Minuten später sah ich Autoscheinwerfer auf mich zukommen. Ich stellte mich mitten auf die Straße und winkte mit meiner Taschenlampe.«

»Und?«

»Am Steuer saß die Beschuldigte. Sie hielt zwar an, ließ aber die Fenster hochgekurbelt und die Türen verschlossen. Auf mein Zeichen rollte sie endlich das rechte Fenster ein paar Zentimeter herunter.«

»Was taten Sie?«

»Ich ging zu ihrer Seite hinüber, zeigte ihr einen Ausweis und sagte, ich sei Detektiv und arbeitete gerade an einem wichtigen Fall. Ich log, mein Hinterreifen wäre geplatzt, mein Reserverad zu schwach aufgepumpt und mein Wagenheber nicht zu finden. Ich müßte also zur nächsten Tankstelle und forderte sie auf, mich mitzunehmen.«

»Tat sie das?«

»Zuerst zögerte sie, aber als ich ihr versicherte, sie habe nichts zu befürchten, denn ich sei nicht nur Polizeibeamter, sondern würde ihr sogar meinen Dienstrevolver aushändigen, willigte sie ein.«

»Und dann?«

»Ich bemühte mich, so charmant wie möglich zu sein, und das schien ihr zu gefallen. Sie öffnete die Tür, ich stieg ein und legte ihr den Revolver auf den Schoß.«

»Wie ging es dann weiter.«

»Sie schien froh über die Gesellschaft. Als wir nach Vista del Mesa kamen, sah ich mich nach einer Tankstelle um. Bei der erstbesten mit einer Telefonzelle bat ich sie zu halten.«

»Gehorchte sie?«

»Ja.«

»Und Sie? Was taten Sie?«

»Ich fragte den Tankwart, wo die Toiletten seien, und ging um das Haus herum.«

»Und dann?«

»Dann schlich ich mich hinter die Telefonzelle, beobachtete sie beim Wählen und merkte mir die Nummer. Inzwischen habe ich erfahren, daß sie die Drake-Detektei angerufen und Perry Mason verlangt hatte. Ich sah, wie sie auflegte und eine andere Nummer wählte. Es war der Anschluß des *Hollywood Brown Derby,* wo sie wiederum nach Perry Mason frágte.«

»Erreichte sie ihn?« fragte Burger.

»Ja.«

»Konnten Sie hören, was sie sagte?«

»Ja, deutlich.«

»Und was war das?«

»Sie sagte, Felting Grimes sei ein Scheusal, und man müßte ihn umbringen. Dann schwieg sie eine Weile und hörte ihrem Gesprächspartner zu. Zum Schluß wiederholte sie, daß es nicht schade um diesen Schuft wäre.«

»Sonst noch etwas?«

»Sie verabredete sich für den nächsten Tag um halb elf mit Mr. Mason.«

»Was geschah dann?«

»Mein Klient war uns gefolgt und hatte seinen Wagen in einer Seitenstraße geparkt. Bevor sie den Hörer auflegte, rannte ich zu ihm; er rief mich in seinen Wagen hinein.«

»Erzählten Sie ihm von dem Telefongespräch?«

»Jedes Wort.«

»Wie reagierte er?«

»Mr. Grimes regte sich sehr auf. Dann brachte er mich zum Baxter-Anwesen zurück, wo ich meinen Wagen geparkt hatte. Er sagte, er habe nichts weiter für mich zu tun, ich sei für diesen Abend entlassen; er wolle am nächsten Tag anrufen, wenn er mich brauche. Den Revolver forderte er zurück. Als ich ihm erzählte, daß ich ihn in Miss Elstons Wagen liegenlassen hätte, war er außer sich.«

»Weshalb?«

»Er schrie, diese Frau würde ihre Drohung wahrmachen und ihn umbringen. Und jetzt, da sie die Waffe dazu in der Hand habe . . .«

»Ich beantrage, diesen Satz aus dem Protokoll zu streichen, weil es sich um Hörensagen handelt«, unterbrach Mason.

»Aber er dient dazu, die Gemütsverfassung des Opfers zu schildern«, gab Burger zurück.

Der Richter nickte. »Ich lasse es durchgehen. Die Details sind ohnedies alle eng miteinander verknüpft. Das gehört alles zum Tatbestand.«

»Und was taten Sie dann?« fragte Hamilton Burger.

»Ich machte meinen Wagen wieder startklar und fuhr nach Hause.«

»Wo war Ihr Klient um diese Zeit?«

»Er stand draußen im Regen neben seinem Auto.«

»Wissen Sie, wie spät es war?«

»Ja, genau zehn Minuten vor zehn.«

»Woher wissen Sie das so genau?«

»Ich habe auf die Uhr gesehen und mir die Zeit gemerkt, weil ich für diesen Tag Feierabend machte.«

»Gut, weiter. Als Sie die Beschuldigte bei der Tankstelle ließen, hatte sie den Revolver, den Sie von Ihrem Klienten erhielten?«

»Ja, Sir.«

»Eine Frage noch«, meinte Burger. »Haben Sie die Waffe untersucht, als Ihr Klient sie Ihnen gab?«

»Jawohl, Sir.«

»Inwiefern?«

»Ich fragte Mr. Grimes, ob der Revolver geladen sei. Er bejahte es. Trotzdem habe ich nachgesehen und festgestellt, daß die Waffe voll geladen war.«

»Es war also kein Schuß abgefeuert worden?«

»Nein, zu diesem Zeitpunkt nicht.«

»Dessen sind Sie ganz sicher?«

»Hundertprozentig.«

Hamilton Burger wandte sich an Perry Mason. »Bitte, fangen Sie mit dem Kreuzverhör an«, sagte er bissig.

Mason stand auf und betrachtete den Zeugen aufmerksam. »Dieser Revolver«, begann er, »ich meine Anklagebeweisstück G, ist eine ziemlich gebräuchliches Fabrikat, besonders bei Kriminalbeamten und Detektiven, nicht wahr?«

»Das stimmt. Sie wird im Grunde von allen Zivilisten benutzt, die zwar eine Schußwaffe griffbereit haben müssen, aber keine so schwere und auffällige brauchen können, wie sie die uniformierten Beamten tragen.«

Mason ging hinüber zu dem Tisch, auf dem die Beweisstücke lagen, nahm den Revolver und kehrte zu dem Zeugen zurück. »Also, betrachten Sie ihn noch einmal ganz genau«, bat er. »Gibt es außer dem kleinen Pappschildchen, das ihn als Beweisstück G kennzeichnet, irgend etwas an dieser Waffe, das sie von jeder anderen dieses Fabrikats eindeutig unterscheiden würde?«

Jasper betrachtete den Revolver, den ihm Mason hinhielt. »Nein«, antwortete er schließlich.

Der Anwalt legte den Revolver auf den Tisch zurück.

»Sie können also nicht beschwören, daß dieser Revolver hier derselbe ist, den Sie der Beschuldigten gaben?«

»Nein, Sir, beschwören kann ich es nicht. Ich kann unter Eid nur aussagen, daß er genauso aussieht.«

»Sie wurden beauftragt, sich das Vertrauen der Beschuldigten zu erschleichen?« wechselte Mason das Thema.

»Ich sollte herausfinden, wen sie anrief und welche Pläne sie hatte.«

»Aber Sie ließen Ihren ganzen Charme spielen, als Sie mit ihr sprachen?«

»Ich wollte, daß sie Vertrauen zu mir bekam.«

»Damit Sie es mißbrauchen konnten?«

»Nein, damit ich meinem Auftraggeber Bericht erstatten konnte.«

»Aber Sie waren bereit, Miss Elston zu verführen oder zu belügen, um Ihr Ziel zu erreichen?«

»Ich hatte schließlich einen Auftrag. In meinem Beruf kann man mit den Mitteln nicht immer wählerisch sein.«

»Beantworten Sie bitte meine Frage: Hätten Sie die Beschuldigte auch verführt, wenn es für Ihren Erfolg nötig gewesen wäre?«

»Ja.«

»Also sind Sie der Meinung, daß Lügen in Ihrem Beruf von Zeit zu Zeit unumgänglich sind?«

»Ja.«

»Sie lügen also für Geld?«

»Nein, nicht für Geld.«

»Wofür sonst?

»Um die Auskunft zu bekommen, die ich brauche.«

»Und damit verdienen Sie sich Ihr Geld?«

»Das ist mein Beruf«.

»Von dem Sie leben?«

»Ja.«

»Also lügen Sie doch für Geld.«

»Meinetwegen, wenn Sie es so ausdrücken wollen.«

»Das ist alles«, verkündete Mason.

»Damit ist unsere Beweisführung abgeschlossen«, sagte Hamilton Burger. »Der Tatbestand ist ganz augenscheinlich, Euer Gnaden«, fuhr er fort. »Der Verstorbene war noch gesund und munter, als ihn dieser Zeuge zehn Minuten vor zehn verließ. Die Beschuldigte hatte die Mordwaffe. Wir wissen, daß Gilletts Tod vor zehn Uhr eingetreten sein muß, denn nach zehn Uhr waren ja die Tore geschlossen. Wir wissen weiter, daß die Beschuldigte die Mordwaffe auch am nächsten Morgen noch hatte. Sie blieb die ganze Nacht über zu Hause in ihrem Zimmer, das sie bei der Familie Grimes bewohnte, denn Nell Arlington, wie wir Mrs. Grimes nennen müssen, hätte bemerkt, wenn die Beschuldigte das Haus nochmals verlassen hätte. Als die Beschuldigte die Mordwaffe am nächsten Morgen ihrer Freundin zeigte, fehlte eine Kugel. Wir haben es daher mit einem lückenlosen Indizienbeweis zu tun. Die Umstände sprechen lauter und deutlicher als jedes Wort und jede Lüge. Die Beschuldigte hatte herausgefunden, daß Gillett ihr gefolgt war. Sie muß ihm dann zum Baxter-Anwesen nachgefahren sein. Sobald der Zeuge Jasper verschwunden war, schlich die Beschuldigte Gillett nach, ermordete ihn und floh. Das alles geschah vor zehn Uhr, bevor die Tore geschlossen wurden. Es bleibt also für die Tat eine Zeitspanne von zehn Minuten, und während dieser zehn Minuten hatte die Beschuldigte die Mordwaffe in der Hand. Diese Tatsachen können weder verschönert noch vertuscht werden. Es sind Tatsachen, die die Schuld der Täterin geradezu hinausschreien.«

»Sind Sie eigentlich schon beim Plädoyer?« erkundigte sich Mason ironisch.

»Nennen Sie es, wie Sie wollen«, versetzte Burger kurz. »Ich fasse nur die Zeugenaussagen für das Gericht zusammen.«

»Wir wollen doch den ordnungsgemäßen Prozeßverlauf wahren«, schaltete sich Richter Laporte ein. »Sie haben Ihre Beweisführung abgeschlossen, Mr. District Attorney. Will die Verteidigung mit der Gegenbeweisführung beginnen? Wir sind nur zusammengetreten, um festzustellen, ob ein Verbrechen verübt wurde. Und darüber besteht ja kein Zweifel mehr. Ferner ist es unsere Aufgabe zu klären, ob die Beschuldigte mit diesem Verbrechen in Zusammenhang gebracht werden kann. Nach dem bisherigen Stand der Beweisführung ist auch das der Fall.«

Hamilton Burger grinste triumphierend, nahm Platz und überließ es Perry Mason, sich mit dem Richter auseinanderzusetzen.

»Euer Gnaden«, begann Mason, und man merkte ihm an, daß er fieberhaft überlegte, um der neuen Situation gerecht zu werden, »das Gericht hat noch einmal auf einen ordnungsgemäßen Prozeßverlauf hingewiesen. Hätte der District Attorney nicht diesen letzten Zeugen aufgerufen, wäre selbstverständlich sein Anspruch auf ein Urteil gerechtfertigt, das die Beschuldigte einem Schwurgericht berantwortet hätte. Aber der District Attorney ist einen Schritt zu weit gegangen. Er hat Beweise erbracht, die eindeutig auf die Unschuld der Angeklagten schließen lassen. Jetzt kann er nicht mehr beantragen, daß sie vor ein Schwurgericht gestellt wird.«

»Sind Sie etwa der Meinung«, fragte Burger ungläubig, »daß die Aussage meines letzten Zeugen die Beschuldigte entlastet?«

»So ist es«, erwiderte Mason trocken.

»Fahren Sie nur fort, Mr. Mason«, sagte Burger mit übertriebener Höflichkeit. »Die Anklage ist wirklich gespannt zu erfahren, wie Sie zu einer so absurden Behauptung kommen.«

»Die Antwort ist sehr einfach«, erklärte Mason. »Es hat sich also herausgestellt, daß Ihr letzter Zeuge, Carl Freeman Jasper, die Mordwaffe in Besitz hatte, daß er der letzte Mensch war, der Gillett lebend sah, und daß er, obgleich er eben eine Geschichte vortrug, die diese Fakten verschleiern soll, mit dem Verstorbenen bis zu dessen Tod zusammen war. Nach Lage der Dinge deutet alles auf die Täterschaft dieses letzten Zeugen und nicht mehr auf die der Beschuldigten. Er gibt zu, daß er den Revolver hatte. Er gibt zu, daß er Gillett als letzter sah. Das Gericht wird auch bemerkt haben, daß der District Attorney während des ganzen Verhörs seine Fragen auf den Revolver konzentrierte und es nicht wagte, die einfache Frage zu stellen: ›Haben Sie den Mann, den Sie als Felting Grimes kannten, getötet, oder hatten Sie etwas mit seinem Tod zu tun?‹«

Damit setzte sich Mason.

Rot vor Zorn sprang Hamilton Burger auf. »Aber, Euer Gnaden!« rief er, »das ist das albernste Argument, das ich in meiner langen Praxis zu hören bekommen habe. Das ist ja – das ist der reinste Blödsinn! Ich beantrage, meine Beweisführung wiederaufnehmen zu dürfen. Ich werde dem Herrn Verteidiger zeigen, daß ich mich sehr wohl traue, dem Zeugen diese Fragen zu stellen.«

Mason lächelte. »Die Verteidigung erhebt keinen Einspruch.«

Hamilton Burger drehte sich um. »Carl Jasper«, rief er, »treten Sie bitte noch einmal vor.«

Jasper gehorchte.

»Haben Sie Felting Grimes getötet?«

»Nein.«

»Das wär's«, sagte Hamilton Burger. »Sie können gehen.«

»Halt«, rief Mason. »Ich möchte den Zeugen ins Kreuzverhör nehmen. Wann engagierte Mr. Grimes Sie zum erstenmal?«

»Einspruch«, schnaubte der District Attorney. »Die Frage ist bereits gestellt und beantwortet worden.«

»Ich glaube, das stimmt«, meinte Richter Laporte. »Das Protokoll zeigt, daß er am Neunten dieses Monats engagiert wurde.«

»Meine Frage lautete, wann er zum erstenmal von Grimes beauftragt wurde«, korrigierte Mason. »Aber ich kann sie auch anders formulieren: Sind Sie vor dem Neunten dieses Monats schon einmal von Felting Grimes engagiert worden?«

»Einspruch!« schrie Burger. »Unwesentlich, unsachlich, unerheblich. Kein ordnungsgemäßes Kreuzverhör, denn mein Verhör bezog sich auf die Frage, ob der Zeuge des Mordes schuldig ist oder nicht.«

»Und meine Frage soll nachweisen, daß er voreingenommen und am Ausgang dieses Prozesses persönlich interessiert ist.«

»Ich lasse die Frage zu«, entschied Richter Laporte.

»Euer Gnaden, ich widerspreche Ihnen ungern«, wand sich Hamilton Burger, »aber diese Art des Kreuzverhörs führt uns viel zu weit von den Tatsachen weg. Das ist wirklich nicht mehr als ordnungsgemäß zu bezeichnen.«

»Der Verteidiger hat das Recht, die Voreingenommenheit eines Zeugen unter Beweis zu stellen«, erklärte Richter Laporte. »Auch das Gericht möchte wissen, warum Felting Grimes gerade ihn engagierte, sozusagen aus heiterem Himmel. Also beantworten Sie Mr. Masons Frage.«

»Vor zweieinhalb oder drei Jahren hat mich Mr. Grimes schon einmal beschäftigt.«

»Was?« rief Burger verdutzt.

»Das genaue Datum weiß ich nicht mehr«, meinte Jasper, »aber es ist höchstens drei Jahre her.«

»Bei Ihrem damaligen Auftrag ging es um Fingerabdrücke, nicht wahr?« fragte Mason.

»Ja, Sir«, antwortete Jasper. »Grimes gab mir einige latente Fingerabdrücke, dazu einen kompletten Satz von zehn Stück, und bat mich, zu vergleichen, ob die Abdrücke im Satz wiederkehrten.«

»War das der Fall?«

»Jawohl.«

»Wußten Sie, von wem die Abdrücke stammten?«

»Nein, Sir.«

»Sie waren also nicht namentlich gekennzeichnet?«

»Nein.«

»Wie wurden Ihnen die Abdrücke überreicht?«

»Nun, von Mr. Grimes.«

»Ich meine: Auf welchem Gegenstand waren sie? Wissen Sie das?«

»Nein, Sir.«

»Handelte es sich um Reproduktionen?«

»Ja.«

»Woher wissen Sie das?«

»Nun, sie waren auf ein Stück Papier gedruckt.«

»Mit anderen Worten, es waren zehn Abdrücke in einer Form, wie sie die Polizei bei der Fahndung nach Kriminellen herausgibt?«

»Jawohl.«

»Aber die Fingerabdrücke waren aus dem Fahndungsbrief der Polizei herausgeschnitten, so daß Sie lediglich die zehn Abdrücke erhielten?«

»Ja, Sir.«

»Hat Sie das nicht stutzig gemacht?«

»Doch, das hat es.«

»Haben Sie Schritte unternommen, um festzustellen, von wem die Prints stammten?«

»Nein, ich habe zwar mit dem Gedanken gespielt, ihn jedoch fallenlassen.«

»Gaben Sie die Reproduktionen an Mr. Grimes zurück?«

»Ja.«

»Und von diesem Augenblick an wußten oder vermuteten Sie aus gutem Grund, daß Grimes einen polizeilich gesuchten Kriminellen aufgespürt hatte?«

»Ich . . ., nun ja, das nahm ich an, jawohl.«

»Daß Grimes ihn aber nicht der Polizei ausgeliefert hatte?«

»Nun ja, sicher.«

»Und wußten Sie, daß dies eine prächtige Konstellation für einen Erpressungsversuch war?«

»In diesem Licht habe ich es nicht betrachtet.«

»Wir wollen nicht naiv sein«, mahnte Mason. »Sie wußten doch, was Grimes vorschwebte?«

»Ich hätte es mir denken können.«

»Und da waren Sie klug genug, sich Ihrerseits über das FBI Gewißheit zu verschaffen, von wem die Prints stammten?«

»Ich . . ., ich – jawohl.«

»Dann haben Sie also gelogen, als Sie das eben noch abstritten?«

»Ja.«

»Und die Prints stammten von einem Collington Halsey, einem der vom FBI meistgesuchten Männer, wie?«

»Ja.«

»Und danach erpreßten Sie Grimes, genau wie dieser Halsey erpreßte?«

»Das habe ich nicht getan! Ich verwahre mich gegen eine derartige Behauptung!« fuhr Jasper auf.

»Wieviel Geld haben Sie während der letzten zweieinhalb Jahre von Felting Grimes erhalten?«

»Ich bekam nur meine Honorare, wenn ich für ihn arbeitete.«

»Und wieviel war das?«

»Nur so viel, wie man in meinem Beruf eben berechnet.«

»Wieviel? Denken Sie daran, daß Sie unter Eid stehen.«

»Nur so viel, wie meine Dienste wert waren.«

»Wieviel!« donnerte Mason.

»Das weiß ich nicht mehr.«

»Fünftausend vielleicht?«

»Möglich.«

»Zehntausend?«

»Kann sein.«

»Zwanzigtausend?«

»Ich weiß es nicht mehr.«

»Dreißigtausend?«

»Nein, so viel nicht.«

»Das ist alles«, sagte Mason. »Über die Aussage eines Erpressers, der einen Meineid leistet und die Mordwaffe zur Tatzeit in Besitz hatte, kann das Gericht seine eigenen Schlußfolgerungen ziehen.«

Richter Laporte sah nachdenklich zu Perry Mason hinunter. »Mr. Mason, würden Sie bitte dem Gericht erklären, aus welchem Grund Sie dem Zeugen die Fragen über die Fingerabdrücke stellten? Offenbar gibt es in diesem Fall einen Umstand, den niemand von uns kennt, auf den Sie aber durch die Antworten dieses Zeugen gestoßen sind. Ich meine ..., nun ja, das Gericht ist der Überzeugung, daß Sie Kenntnis von Geschehnissen besitzen, an denen ich ebenfalls interessiert wäre.«

»Ach was, Euer Gnaden«, rief Hamilton Burger, »das war doch nur ein Schuß ins Blaue. Nichts dahinter, gar nichts!«

»Wenn das ein ungezielter Schuß war«, meinte Richter Laporte, »dann hat der Verteidiger aber ein sicheres Auge.«

»Euer Gnaden«, sagte Mason, »wenn mir gestattet wird, einen früheren Zeugen erneut ins Kreuzverhör zu nehmen, kann ich die Angelegenheit klären.«

»Ich erhebe Einspruch«, rief Burger. »Wenn der Verteidiger jetzt noch Zeugen vernehmen will, dann soll er sie als Zeugen der Verteidigung aufrufen. Wir haben unsere Beweisführung abgeschlossen. Meine Zeugen nimmt er nicht mehr ins Kreuzverhör!«

»Sie haben vorhin Ihre Beweisführung selbst wiederaufgenommen, Mr. District Attorney, um den Zeugen Jasper erneut zu verhören«, berichtigte Richter Laporte. »Ein Gericht ist kein Tummelplatz für spitzfindige Anwälte, sondern eine Einrichtung, die der Wahrheitsfindung dient und Recht sprechen soll.«

»Euer Gnaden«, meldete sich Mason wieder, »ich würde gern die Namenliste einsehen, die der Beschuldigten von ihrer Firma übergeben wurde und die auch den Namen von Mrs. Frankline Gillett enthält. Ich glaube, danach kann ich die Fragen des Gerichts leichter beantworten.«

Der Richter nickte.

Mason ging zu dem Tisch mit den Beweisstücken und nahm ein Blatt auf. Dann kehrte er zu seinem Platz zurück, wo Della Street saß. »Sehen Sie sich das genau an, Della«, flüsterte er. »Paul Drake soll mit Ihnen vergleichen. Ich will wissen, ob der letzte Name auf dieser Liste mit derselben Maschine getippt wurde wie die anderen Namen. Wenn nicht, schütteln Sie den Kopf, sobald ich in Ihre Richtung sehe. Sonst nicken Sie, verstanden?«

Mason wandte sich wieder dem Richter zu. »Euer Gnaden«, sagte er, »es gibt in diesem Fall einige Aspekte, die ich das Gericht in Erwägung zu ziehen bitte. Ich möchte mein Ersuchen auf nochmaliges Kreuzverhör eines Zeugen wiederholen. Wenn natürlich ...«

»Wir protestieren«, unterbrach Hamilton Burger. »Der Verteidiger hatte seine Chance. Sehen wir doch den Tatsachen ins Auge. Unter den vorliegenden Umständen ist die Beschuldigte die einzige, die für diesen Mord zur Rechenschaft gezogen werden kann.«

Ohne Burger zu beachten, sprach Mason weiter. »Euer Gnaden, es gibt mehrere einleuchtende Möglichkeiten. Erstens einmal könnte Carl Jasper Gillett getötet haben, bevor er der Beschuldigten den Revolver gab.«

Mason machte eine kleine Pause und blickte zur Della Street hinüber. Sie schüttelte den Kopf.

»Aber, Euer Gnaden«, nahm Burger die kurze Unterbrechung wahr, »es ist doch nur zu offensichtlich, was der Verteidiger bezweckt. Wie bei Vorverhandlungen üblich, vermeidet die Verteidigung, ihrerseits Zeugen aufzurufen. Andererseits hat der Verteidiger nicht davor zurückgeschreckt, durch seine Vorladung des Zeugen George Belding Baxter die Strafprozeßordnung zu mißbrauchen. Mr. Baxter ist jedoch kein Mann, der sich leicht einschüchtern läßt. Er wird sich nicht in die Enge treiben lassen, sondern hat Privatklage gegen Perry Mason auf Schadenersatz von hunderttausend Dollar erhoben.

Für den Fall, daß Mr. Baxter nicht als Zeuge der Verteidigung aufgerufen wird, ist bewiesen, daß Mr. Baxters Beschwerde und Klage gerechtfertigt sind. Sollte Mason durch eine Entscheidung des Gerichts hingegen gezwungen werden, Baxter aufzurufen, werden wir alle folgendes erleben: Der Verteidiger wird mit seinen Fragen nur versuchen, die Tatsachen zu verdrehen, und zwar solcherart, daß er später behaupten kann, er habe Mr. Baxter guten Glaubens für einen wichtigen Zeugen gehalten. Das ist doch alles, worauf er hinaus will. Es besteht kein Zweifel darüber, daß das Beweismaterial die Beschuldigte belastet. Es gibt niemanden außer ihr, der schuldig sein könnte. Und was die Erpressung anbelangt, die soeben zur Sprache kam, kann das Gericht überzeugt sein, daß meine Mitarbeiter und ich uns darum kümmern werden. Aber der Verteidiger will nur die Tatsachen so verdrehen, daß er das Gericht auf seine Seite bringt, wenn die Privatklage von Mr. Baxter gegen ihn zur Verhandlung kommt.«

Richter Laporte runzelte die Stirn. »In einer Situation wie dieser«, sagte er, »muß das Gericht selbstverständlich alle Möglichkeiten in Betracht ziehen. Dem Gericht ist der Standpunkt der Anklage genauso verständlich wie die Verlockung für die Verteidigung, eine Reihe von Fragen ins Protokoll zu bringen, die eine Vernehmung des Zeugen Baxter als gerechtfertigt erscheinen lassen würden.«

»Euer Gnaden«, schaltete sich Mason ein, »ich beabsichtige tatsächlich, Mr. Baxter als Zeugen aufzurufen.«

»Sie wollen also doch den Gegenbeweis führen?«

»Jawohl, das habe ich vor«, antwortete Mason.

»Gut denn«, sagte Richter Laporte. »Ich werde eine an und für sich ungewöhnliche Entscheidung treffen und die Verteidigung mit der Gegenbeweisführung beginnen lassen. Wenn sich während dieser Phase herausstellen sollte, daß tatsächlich Grund besteht, Zeugen der Anklage nochmals zum zusätzlichen Kreuzverhör aufzurufen, werde ich diesen Anträgen im Sinne der Verteidigung stattgeben.«

»Soll er es nur wagen, Mr. Baxter in den Stand zu stellen«, rief Hamilton Burger aufgebracht. »Das soll er nur wagen. Ich fordere ihn heraus!«

»Es besteht kein Grund für einen derartigen Ausbruch seitens der Anklage«, tadelte Richter Laporte. »Bitte, Mr. Mason, beginnen Sie.«

»Als meinen ersten Zeugen rufe ich Mr. George Belding Baxter auf«, gab Mason bekannt.

»Kommen Sie vor, und legen Sie den Eid ab«, bat der Richter.

Baxter warf Hamilton Burger im Vorbeigehen einen vielsagenden Blick zu, dann hob er die Hand und sprach die Eidesformel nach.

Als der Zeuge Platz genommen hatte, erhob sich Hamilton Burger. »Euer Gnaden«, sagte er, »ich werde gegen jede einzelne Frage an diesen Zeugen, die nicht direkt mit unserem Fall zu tun hat, Einspruch erheben. Keinesfalls werde ich zulassen, daß der Verteidiger im trüben fischt, ohne daß dies auch protokollarisch festgehalten wird.«

»Das Gericht wird schon dafür sorgen, daß dem Zeugen keine unsachgemäßen Fragen vorgelegt werden.«

»Euer Gnaden«, sagte Mason, »aus dem gleichen Grund sollte mir gestattet werden, Suggestivfragen an diesen offensichtlich voreingenommenen Zeugen zu stellen.«

»Das Gericht ist geneigt, Ihnen hier zuzustimmen, Mr. Mason. Beginnen Sie.«

George Baxter setzte sich und starrte Mason haßerfüllt an.

»Seit wann besitzen Sie das Grundstück, das als Baxter-Anwesen bekannt ist?«

»Unsachlich, unerheblich, unwesentlich. Einspruch«, rief Burger.

»Abgelehnt«, entschied Richter Laporte.

»Seit ungefähr siebzehn Jahren, Mr. Mason«, antwortete Baxter. »Und ich möchte hinzufügen, daß diese Tatsache meiner Ansicht nach überhaupt nichts mit dem Fall zu tun hat und daß ich nichts, aber rein gar nichts über den Mord weiß. Ich war am Abend des Zehnten in Bakersfield, Kalifornien; erst am nächsten Morgen erfuhr ich von der ganzen Geschichte.«

Damit lehnte sich Baxter triumphierend im Zeugenstuhl zurück.

»Dann frage ich Sie jetzt, Mr. Baxter«, fuhr Mason ungerührt fort, »seit wann Sie wissen, daß Ihr Verwalter Corley L. Ketchum in Wirklichkeit der von der Polizei wegen Raubüberfalls und Mordes gesuchte Collington Halsey ist?«

Hamilton Burger war aufgesprungen, um Einspruch anzumelden. Aber der Anblick von Baxters Gesicht verschlug ihm die Sprache. Das triumphierende Lächeln war fassungslosem Erstaunen gewichen. Baxter schien in seinem Maßanzug zusammenzuschrumpfen.

Hamilton Burger zögerte einen entscheidenden Augenblick lang, bevor er fortfuhr: »Einspruch. Das ist unsachlich, unwesentlich und unerheblich.«

Burgers Zögern hatte den Richter veranlaßt, seinerseits einen Blick auf den Zeugen zu werfen. Seine Entscheidung kam mit unerwarteter Schärfe: »Einspruch abgelehnt! Beantworten Sie die Frage.«

Baxter saß schweigend in seinem Stuhl.

»Haben Sie meine Frage verstanden?« erkundigte sich Mason.

»Ja.«

»Wollen Sie antworten?«

Baxter holte tief Atem. »Ich weiß es schon seit Jahren.«

»In welchem Verhältnis steht Mr. Ketchum zu Ihnen?«

»Er ist mein Bruder.«

»Und Sie gaben ihm Asyl, obgleich Sie wußten, daß er von der Polizei gesucht wurde?«

»Ja.«

»Und vor etwa zweieinhalb Jahren entdeckte der Verstorbene Frankline Gillett Ihr Geheimnis?«

»Ja.«

»Erpreßte er Sie damit?«

»Ja.«

»Aber, Euer Gnaden«, meldete sich Burger schwach, »das hat doch alles nicht direkt mit unserem Fall ...«

»Wenn Sie vorhaben sollten, Einspruch anzumelden«, fuhr Richter Laporte ihn an, »können Sie es sich sparen. Ich glaube, daß wir jetzt endlich auf den Kern der Sache kommen. Ich nehme an«, wandte er sich an Mason, »daß Sie diese Tatsache von den Fingerabdrücken hergeleitet haben, die dem Zeugen Jasper überreicht wurden?«

»Jawohl, Euer Gnaden.«

Wieder holte Baxter tief Luft. »Ich glaube, es ist am besten, wenn ich mir die ganze Geschichte endlich von der Seele rede. Mein Bruder, der sich unter dem Namen Corley L. Ketchum verborgen hielt, heißt in Wirklichkeit Collington Halsey. Mein richtiger Name ist George Belding Halsey. Mein Bruder hatte sich mit einem Mann namens Gorman Gillett, also dem Vater von Frankline Gillett, bei verschiedenen Straftaten eingelassen. Gorman Gillett wurde verhaftet, saß seine Zeit ab und wurde entlassen. Ich werde wohl nie mit Sicherheit erfahren, wie Gorman Gillett dahinterkam, wer ich in Wirklichkeit bin, aber ich glaube, daß er es aus einem Artikel in der *Saturday Evening Post* erfuhr. Wir versuchten, meinen Bruder in diesem Artikel zu verheimlichen, doch der Reporter machte ohne unser Wissen einen Schnappschuß von meinem Bruder und mir. Die Unterschrift zu diesem Foto lautete: ›George Belding Baxter und sein Gärtner Corley L. Ketchum beim Studium der Pläne eines Gartenarchitekten.‹ Ganz kurz darauf setzte sich Frankline

Gillett mit meinem Bruder in Verbindung und stellte Forderungen. Seit diesem Tage zahlten wir Schweigegelder.«

Hamilton Burger erhob sich und wollte etwas sagen. Statt dessen ließ er sich wortlos in seinen Stuhl zurückfallen.

»Und jetzt erzählen Sie uns bitte, was am Abend des Zehnten geschah«, forderte Mason seinen Zeugen auf.

»Wir konnten ja nichts gegen Gillett unternehmen«, erwiderte Baxter leise. »Wir waren machtlos und mußten zahlen. Meines Bruders Fingerabdrücke waren bei den Akten, und er wurde vom FBI gesucht. Nur dadurch, daß er bei mir die Rolle eines schlecht bezahlten, kleinen Angestellten spielte, gelang es uns, ihn zu verstecken. Bis, wie gesagt, Gorman Gillett den Artikel las. Ich glaube aber nicht«, setzte Baxter hinzu, »daß der alte Gorman wußte, welch ein gemeiner Erpresser sein Sohn Frankline war. Am Zehnten las ich dann in der Bakersfielder Lokalzeitung, daß Gorman Gillett gestorben war.«

»Und da wußten Sie, daß Sie künftig Ruhe hätten, wenn auch Frankline Gillett etwas zustoßen würde?«

»Nein, so war es nicht«, antwortete Baxter. »Gillett nahm seines Vaters Tod zum Vorwand, neue Forderungen zu stellen. Ich erfuhr telefonisch davon. Gillett verlangte Unmögliches von mir. Aber ich bin nicht der Mörder, und mein Bruder ist es auch nicht.«

»Was wollte Gillett denn diesmal von Ihnen?« fragte Mason.

»Mein Bruder hatte mich telefonisch gebeten, sofort nach Hause zu kommen, aber dafür zu sorgen, daß niemand davon erfuhr. Er sagte, er könne es mir am Telefon nicht erklären, aber unsere Existenz hinge davon ab. Ich hatte mich in einem Motel in Bakersfield eingetragen und erzählte also den Leuten, ich wolle gleich nach dem Abendessen schlafen gehen. Statt dessen zerknüllte ich in meinem Zimmer die Kissen und die Bettdecke ein bißchen und fuhr nach Hause. Kurz nach elf kam ich dort an. Frankline Gillett wartete bei meinem Bruder. Gillett verlangte eine astronomische Summe, angeblich als endgültige Abfindung. Er sagte, nachdem nun sein Vater tot sei, könne er uns Stillschweigen von allen Seiten zusichern. Dieses Argument erschien mir ganz und gar nicht logisch, obgleich ich zugeben mußte, daß die Gefahr durch Gorman Gilletts Tod geringer geworden war. Frankline Gillett erzählte uns, daß er in ernsthaften Schwierigkeiten sei. Er müsse ein neugieriges Frauenzimmer mundtot machen. Und zu diesem Zweck sollten wir ihm ein Alibi verschaffen.«

»Aha«, meinte Mason. »Wie verhielten Sie sich?«

»Ich lehnte ab. Ich hätte zwar gezahlt, aber mich vor ein Gericht zu stellen und in einem Mordprozeß einen Meineid zu leisten, nur um Frankline Gillett ein Alibi zu geben – das war zuviel verlangt.«

»Wissen Sie etwas über seine Pläne?«

»Er erwähnte, daß er das Land verlassen wollte, aber daran glaubte ich nicht. Meiner Ansicht nach ging es ihm nur um die hunderttausend Dollar und das Alibi. Wir hatten die Summe zu Haus, und ich hätte sie ihm notfalls auch gegeben, aber das geforderte Alibi verweigerte ich ihm strikt. Gillett sagte, er müsse zunächst herausfinden, wieviel diese neugierige junge Frau ihrem Anwalt bereits erzählt hatte. Entweder müsse er verhindern, daß sie ihre Verabredung mit dem Anwalt am nächsten Morgen einhielte oder aber er müsse um diese Zeit bereits außer Landes sein. Er war sehr, sehr nervös. Manchmal schien er überhaupt nicht mehr logisch denken zu können.«

»Wie sollte denn das Alibi aussehen?« fragte Mason.

»Ich sollte behaupten, ihn nach Bakersfield gerufen und den Abend mit ihm verbracht zu haben.«

»Und wie ging es weiter?«

»Das weiß ich nicht«, erwiderte Baxter. »Er sagte, er müsse noch etwas klären und wolle gegen ein Uhr morgens zurückkommen. Dann ging er zu seinem Wagen.«

»Wo stand der?«

»Unten beim Schwimmbassin. Mein Bruder und ich überlegten gerade, was zu tun sei, als wir einen Schuß hörten. Wir rannten aus dem Haus, konnten jedoch nichts entdecken. Als dann ein Wagen zum Tor hinausfuhr, nahmen wir natürlich an, es sei Frankline Gillett, und beruhigten uns gegenseitig, indem wir uns einredeten, sein Wagen hätte eine Fehlzündung gehabt.«

»Wie spät war es da?«

»Ein paar Minuten vor Mitternacht.«

»Waren die Tore denn um diese Zeit noch offen?«

»Ja. Mein Bruder hatte sie zwar um zehn geschlossen, sie jedoch nach Gilletts Anruf für ihn geöffnet.«

»Hat Gillett von Mord gesprochen?« wollte Mason wissen.

»Jawohl, das hat er. Er sagte zwar nicht, wer das Opfer werden sollte, aber er ließ durchblicken, daß er in einen Mordfall verwickelt werden könnte. Aus diesem Grunde brauchte er das Alibi von uns.«

Baxter seufzte, bevor er weitersprach. »Ich bedaure, daß das nun zur Sprache kommen mußte. Ich hätte alles getan, um meinem Bruder Schwierigkeiten zu ersparen.«

»Ich glaube«, meinte Mason, »das ist alles. Ich habe keine weiteren Fragen an diesen Zeugen. Möchte der District Attorney ihn ins Kreuzverhör nehmen?«

Hamilton Burger runzelte die Stirn, flüsterte einen Augenblick mit Nelson und sah dann hilflos Richter Laporte an.

»Keine Fragen«, murmelte er.

»Dann wiederhole ich jetzt meinen Antrag, eine Zeugin der Anklage erneut ins Kreuzverhör nehmen zu dürfen«, sagte Mason.

»Um wen handelt es sich?« wollte Richter Laporte wissen.

»Um Nell Arlington.«

»Euer Gnaden«, sagte Hamilton Burger, um Haltung bemüht, »wir möchten unseren Einspruch zurückziehen. Es ist unsere Pflicht, Straftäter mit allem Nachdruck zu verfolgen. Wenn sich jedoch neue Aspekte ergeben, müssen wir in erster Linie dafür sorgen, daß Gerechtigkeit geübt wird, ungeachtet unserer früheren Tätertheorie.«

Richter Laporte nickte. »Ich danke Ihnen für diese Feststellung, Mr. District Attorney. Sie ist ein gutes Beispiel für verantwortungsbewußte Amtsführung. Miss Arlington, bitte nach vorn.«

Nell Arlington stand widerwillig auf.

»Sie sind bereits vereidigt worden«, sagte der Richter. »Nehmen Sie bitte Platz.«

»Sie haben ausgesagt«, begann Perry Mason, »daß Sie für die Beschuldigte als Sekretärin tätig waren, Listen für sie tippten und auf diese Weise dafür sorgten, daß sie die Interessenten besuchen konnte?«

»Ja, das stimmt«, sagte die Zeugin knapp.

»Und wenn Namen telefonisch durchgegeben wurden, schrieben Sie sie auf und gaben sie an die Beschuldigte weiter?«

»Ja.«

»Ich habe festgestellt, daß die Aufstellung, auf der auch Mrs. Frankline Gilletts Anschrift verzeichnet ist, nicht wie gewöhnlich zehn, sondern elf Namen umfaßt, und daß der letzte Name mit einer anderen Maschine geschrieben wurde. Ich nehme an, Miss Arlington, daß Sie diesen Namen der Liste hinzufügten, nachdem sie mit der Post angekommen war? Bevor Sie meine Frage beantworten, denken Sie daran, daß Sie unter Eid stehen. Vergessen Sie nicht, daß die Liste leicht nachzuprüfen ist, und übersehen Sie ferner nicht die Tatsache, daß eine Maschinenschrift eine genauso deutliche Sprache spricht wie eine Handschrift.«

Es dauerte lange, bis sich Nell Arlington zur Antwort aufraffte. »Also schön, ich habe den Namen dazugesetzt«, sagte sie leise.

»Warum?«

Sie schwieg.

»Ich will es Ihnen sagen«, meinte Mason, »Sie hatten Verdacht geschöpft und wollten wissen, wer dort wohnt, nicht?«

Sie nickte. »Als ich den Anzug meines Mannes ausbürstete, fand ich einen Führerschein, der auf den Namen Frankline Gillett ausgestellt war. Das Alter und die Personenbeschreibung entsprachen völlig denen meines Mannes. Ich wußte nicht, was ich davon halten sollte, nahm mir aber vor, der Sache auf den Grund zu gehen. So tippte ich diese Anschrift einfach auf Gwynns Liste. Ich wußte, daß meine Freundin die Leute besuchen würde, und wollte Gwynn auf diese Weise aushorchen, ohne mein persönliches Interesse zu verraten.«

»Aber irgend etwas«, fuhr Mason fort, »geschah dann, das Ihre Pläne änderte?«

»Natürlich. Das wissen Sie doch ganz genau. Der Mann, mit dem ich mich verheiratet glaubte, war ein Bigamist, und ich war in Wirklichkeit gar nicht seine Frau. Er erfuhr, daß Gwynn Mrs. Gillett besucht hatte und befürchtete das Schlimmste für sich. Er beschloß, Gwynn umzubringen, damit ich nichts von seinem Doppelleben erfuhr. Er mischte ihr Strychnin in einen Drink. Das merkte ich aber erst später, als ich die Tabletten auf dem Nachttisch fand. Gwynn hatte das Glas Gott sei Dank ausgeschüttet, und ich dachte zunächst, der Gin sei ihr nur zu stark gewesen. Als Gwynn an diesem Abend nach Hause kam und einen Revolver bei sich hatte, hielt ich die Zeit einer Aussprache für gekommen. Ich versuchte alles, um sie dazu zu bringen, sich mir anzuvertrauen, aber erfolglos. Man spürte, daß sie log. Ich gab ihr Schlafpulver in die Milch, und als sie fest eingeschlafen war, nahm ich den Revolver und fuhr los, um meinen sogenannten Ehemann aufzuspüren.«

»Wohin fuhren Sie?« fragte Mason.

»Ich wußte, daß er mit einem gewissen George Belding Baxter Geschäfte machte. Welcher Art diese Geschäfte waren, davon hatte ich keine Ahnung. Aber ich beschloß, auch das herauszukriegen. Also fuhr ich zu Baxter. Ich wurde einfach das Gefühl nicht los, daß Mr. Baxter den Schlüssel zu dem ganzen Geheimnis hatte und ... nun ja, ich glaubte, daß ich meinen Mann dort draußen finden würde.«

»Und?« fragte Mason, »fanden Sie ihn?«

»Ich fuhr gerade vor, als er aus dem Hause stürzte. Ich erwischte ihn sozusagen in flagranti.«

»Und dann?«

»Er sah mich kommen und wollte wissen, was ich hier zu

suchen hätte. Und als ich ihm alles an den Kopf warf, da – da stand plötzlich die reine Mordlust in seinen Augen. Er wollte mich erwürgen. Ich zog einfach den Abzug durch.«

Nell Arlington holte Luft. »Er fiel rücklings ins Laub. Ohne mich noch einmal umzusehen, wendete ich, fuhr durchs Tor und nach Hause. Den Revolver legte ich wieder unter Gwynns Kopfkissen.«

Mason wandte sich mit der Andeutung einer Verbeugung an Hamilton Burger. »Ich denke doch«, sagte er, »daß die Gegenbeweisführung der Verteidigung damit beendet ist.«

16

Mason, Della Street und Paul Drake saßen in der Anwaltskanzlei und hielten ihren Nachruf auf den Fall.

»Da sieht man wieder einmal«, meinte der Anwalt, »wie wichtig es ist, auch um den kleinsten Schritt zu kämpfen. Außerdem zeigt es, welche überraschenden Streiche einem das Schicksal spielen kann. Die Haushälterin sagte die Wahrheit, als sie behauptete, den Revolver verloren zu haben. Frankline Gillett, der auf dem Heimweg zu seiner Familie am Tribly Way war, fand die Waffe auf der Straße. Es war ein nagelneuer Revolver, also hielt er an und nahm ihn mit nach Hause. Durch diesen simplen Vorfall wurde George Belding Baxter in die ganze Sache verwickelt. Zu dem Zeitpunkt hatte Gillett sicherlich noch keine blasse Ahnung, wem der Revolver gehörte. Gillett hatte in Baxter eine sichere und ständige Geldquelle gefunden. Er brauchte nur den Mund aufzumachen, wenn er Nachschub wollte. Baxter war zu dem Zeitpunkt, als sein Bruder straffällig wurde, Grundstücksmakler. Dem Bruder gelang die Flucht, als man ihn ins Zuchthaus bringen wollte. Dabei wurde ein Polizist ermordet, aber wie ich inzwischen erfahren habe, kann der Bruder wahrscheinlich beweisen, daß er nicht der Mörder war.«

Drake und Della hörten aufmerksam zu.

»George wechselte den Familiennamen und nahm seinen Bruder als Corley L. Ketchum auf. Die beiden begannen dann, zusammen Geschäfte zu machen. Nach und nach kam Baxter zu Geld. Man wollte sein Foto in den Zeitungen veröffentlichen. Wäre es bekanntgeworden, daß der Bruder Baxters Partner war, hätte man ihn auch fotografiert. Also mußte der Bruder die Rolle eines Gärtners spielen. Irgendwie ist das eine Art ausgleichende Gerechtigkeit, finde ich«, meinte Mason. »Gorman Gillett verbüßte seine Strafe, danach aber war er frei. Und wenngleich er auch ein armseliges Leben fristete, war er doch immerhin unabhängig und mußte nicht ständig in Angst leben. Collington Halsey dagegen vegetierte im Versteck. Immerzu drohte ihm Entdeckung. Und dann mußten die beiden Brüder Schweigegelder zahlen. Anderthalb Jahre zuvor hatte sich Frankline Gillett in Nell Arlington verliebt. Er hatte das Leben mit seiner eigenen Frau wohl ein bißchen satt. Wahrscheinlich kam er aber bei Nell ohne Ehering nicht so weit, wie er wollte. Da heiratete er einfach ein zweites Mal. Solange er für seinen Lebensunterhalt und den seiner beiden Frauen nicht zu arbeiten brauchte, war die Chance, daß sein Doppelleben bekannt wurde, auch relativ gering. Und da er oft auf Reisen war, wollte Nell ihre Freundin Gwynn zu sich holen. Gillett konnte nichts anderes tun als einwilligen. Langsam aber sicher begann der Mann, sich in seinen eigenen Netzen zu verstricken. Wie verzweifelt er war, verrät die Tatsache, daß er Gwynn Strychnin gab. Er hoffte, daß er und Nell schon eine Ausrede finden würden, um eine Obduktion der Leiche zu vermeiden. Mit anderen Worten, Gillett war kein Mann der langen und gründlichen Planung, er traf seine Entscheidungen blitzartig, wenn die Situation für ihn brenzlig wurde.«

»Aus all dem läßt sich nur der Schluß ziehen«, setzte Paul Drake hinzu, »daß ein Anwalt sich seinen Klienten stets verpflichtet fühlen sollte. Aber ich hätte einfach nicht die Nerven gehabt, es mit einem Mann von Baxters Einfluß aufzunehmen.«

»Ach, es geht da um mehr als um die Verpflichtung gegenüber einem Klienten«, meinte Mason nachdenklich. »Es geht um die Grundprinzipien der Rechtsprechung; wenn sich ein Anwalt ihnen verpflichtet fühlt, muß er hin und wieder einen Hieb einstecken können – oder zumindest dazu bereit sein.«

»Bereit, fähig und gewillt, heißt der juristische Fachausdruck«, sagte Della Street, und der Blick, den sie Mason zuwarf, verriet, auf wen sie die drei Worte gemünzt hatte.